Lichtreiter

Ein Buch für und von
Innen - Jugendlichen

Sabine Marya
Didi Lindewald

Engelsdorfer Verlag
2008

Bibliografische Information durch die Deutsche Bibliothek:
Die Deutsche Bibliothek erzeichnet diese Publikation in der Deutschen Nationalbibliographie; detaillierte bibliographische Daten sind im Internet über http://dnb.ddb.de abrufbar.

ISBN 978-3-86703-675-7

Hergestellt in Leipzig, Germany (EU)

11,20 Euro (D)

Lichtreiter –
Ein Buch für und von Innen-Jugendlichen

Ein Buch für alle Innen-Jugendlichen.

Ganz besonders aber

für: ....

Und für alle Menschen, die uns nahe stehen,
ganz besonders aber

für *Anna - Maria von Sabine - Marya*
für *Ines von Didi*

Möge Euch dieses Buch ein guter Begleiter und Unterstützer sein auf Eurem Weg
in ein **besseres** Leben!

„Lerne zu leben,
solange du lebst.“
(Seneca)

Lichtreiter –

Ein Buch für und von Innen-Jugendlichen

INHALT:

RAMMSTEIN
DEPP
BRAVO

VORWORT

LICHTREITER ist ein ganz besonderes Buch, ein Buch für uns Innen-Jugendliche.
Ein Buch, das uns begleitet auf unserem schwierigen Weg und das wir zur Hand nehmen können in schweren Zeiten oder wenn uns etwas Gutes berühren soll. Hier sind wir in Kontakt mit uns selber und mit anderen Innen-Jugendlichen und ihren Erfahrungen und Empfindungen. Das macht dieses Buch für uns zu einem ganz besonderen Schatz. Wir sind nicht alleine, sondern durchbrechen die Isolation und Vereinzelung, in der wir schon viel zu lange gesteckt haben.

Wir wollen LEBEN, trotz allem, was war und ist! Gut und gesund und glücklich leben.
Wir wollen die tägliche Dunkelheit der Vergangenheit und Gegenwart hinter uns lassen und uns dem Licht zuwenden, immer wieder auf ein Neues. Das bedeutet nicht, dass wir das Schlimme und Alte ausblenden, sondern dass wir uns in der Nacht ein Licht anzünden. Und noch eines und noch eines, bis um uns eine Lichterkette ist und damit das Dunkel abnimmt.
Es ist heute. Und wir sind frei, uns für das bessere Leben und das Licht zu entscheiden.

Möge dieses Buch Euch ein guter Begleiter und Unterstützer sein auf dem Weg in ein besseres Leben!

Mit allen guten Wünschen,
Sabine Marya & Didi Lindewald

DANKSAGUNG
Von ganzem Herzen danken wir allen Jugendlichen, die den Mut hatten, sich an diesem wunderbaren Buchprojekt zu beteiligen. Ohne Euch wäre dieses Buch nicht das geworden, was es so sehr prägt, ein ganz besonderes Buch.
Außerdem danken wir allen Menschen, die dieses Buchprojekt unterstützt haben: dem Frauennotruf Husum, der wieder als Briefkasten fungierte und allen Menschen, die halfen, den Aufruf zur Teilnahme am Buchprojekt auf den Weg zu bringen, ganz besonders aber die Diss-Tanz, Lichtstrahlen, Vielfalt e.V., das Bittere Tränen-Forum. Herrn Hemmann danken wir für die gute Zusammenarbeit und das angenehme Miteinander beim Verlag.
Ein besonderer Dank geht an die Sponsoren:
Engelsdorfer Verlag & Herlitz-Buntstifte

LICHTREITER – eine Geschichte von Sabine Marya

Es war einmal, vor langer Zeit, dass ein großes Mädchen im Land der dunklen Eiszeit vor sich hin vegetierte. Kein Laut und kein Licht drangen zu ihr, bis auf jene furchtbaren Momente, wenn der Sog sie ergriff. Dann musste das Mädchen zu den bösen Monstern in der schlimmsten Finsternis, um zu helfen, dass die ferne und ihr doch so nahe Stadt weiter überleben konnte. So bald sie ihre Pflicht erfüllt hatte, riss der Sog sie zurück in das dunkle Land der Eiszeit. Dort in der Kälte und Einsamkeit verloren Zeit und Raum ihre Bedeutung. Zitternd, in Angst vor ihrem nächsten Einsatz oder aber in einem ohnmächtigen Schlaf versunken harrte das Mädchen dort schon aus, so lange sie zurück denken konnte.

Viele, viele Jahre waren bereits so vergangen. Doch eines Tages geschah etwas Seltsames: Wieder weckte der Sog das Mädchen aus ihrem Schlaf. Wie jedes Mal machte Angst sich in ihr breit, als sie sich von dem Eisboden löste und die Reise zur schlimmsten Finsternis begann. Doch plötzlich verfinsterte sich nicht wie sonst die Dunkelheit, sondern aus der Ferne tauchte ein unheimliches Licht auf, in deren Mitte eine lichtene Gestalt stand.

„Es ist vorbei!“, rief diese Gestalt ihr zu. „Es ist vorbei, die Zeit der Monster und der Eiszeit. Komm, reite mit mir auf dem Lichtschweif in deine Stadt. Dort haben sie schon alle Tore geöffnet, die Dunkelheit zu vertreiben und um dich willkommen zu heißen.“

Panik überfiel das Mädchen. Was haben sich die Monster jetzt wieder ausgedacht, um sie zu quälen? Entsetzt schüttelte sie den Kopf. „Darauf fall ich nicht rein!“, flüsterte sie rau.

„Kleine Nadine, ich weiß, dass du Angst hast vor dem Unbekannten und dass du erst einmal nicht

glauben kannst, dass es auch für dich Gutes geben kann."
Verwundert horchte das Mädchen auf. Noch nie hatte jemand sie bei ihrem Namen genannt. Es klang wie tausend helle Glöckchen: Nadine! Doch gleichzeitig weckte es in dem Mädchen eine tosende Wut. „Ich bin nicht klein!", fauchte sie die lichtene Gestalt wütend an.
„Entschuldige, Nadine. Ich sehe erst jetzt, wie groß du bist. So groß und voller Kraft. Und voller Mut." Wieder lud das helle Wesen das Mädchen ein, mit ihr ins Licht zu reiten.
„In diesem albernen Kleid komme ich aber nicht mit!", trotzte das Mädchen, in dem sicheren Gefühl, dass das Lichtwesen sie nur in diesem Kleid mitnehmen würde.
Doch das helle Wesen lächelte nur. „Nadine, kleide dich für diese Reise so, wie du dich gut und sicher fühlst. Ich warte hier auf dich, bis du so weit bist."
Warum nur machte es Nadine so wütend, dass dieses Wesen so nett war? Zornig riss sie sich das verhasste Kleid vom Körper und griff nach den Dingen in der verborgenen Truhe, nach denen sie sich schon immer gesehnt hatte: der schwarze Rolli, die schwarze Jeans, die schwarzen Stiefel mit der Metallspitze, die abgewetzte Lederjacke mit den Nieten, der Nietenschmuck. Zum Schluss sprayte sie ihre Haare noch schwarz.
„So!", sagte sie, als sie dem Wesen wieder gegenüber trat und grinste dabei spöttisch. „Nun wollen wir doch mal sehen, ob du mich so mitnehmen willst!"
Zu Nadines Erstaunen nickte das Lichtwesen jedoch nur und sagte: „Dann setz dich zu mir auf den Lichtschweif und lass uns beide losfliegen. Du wirst schon freudig erwartet. Alle sind so dankbar, dass du die Stadt so oft gerettet hast!"

Fassungslos setzte Nadine sich neben das helle Wesen. Gemeinsam verließen sie auf dem hellen Lichtschweif das dunkle Eisland und flogen dem Licht entgegen. In der Ferne tauchten bereits die ersten Bäume auf. Eine Wiese. Blumen. Schmetterlinge... Schließlich die bunte Stadt, die immer näher rückte.

Plakate hingen an den Stadtmauern: „Willkommen, Nadine!“ Ein helles Licht strahlte auf dem Marktplatz und Jubel brach aus, als Nadine auf dem Platz landete.

Kapitel 1
WIR JUGENDLICHEN

Schlimme Umstände brachten uns auf die Welt. Umstände, von denen man kaum jemandem erzählen kann. Wir alle, jeder einzelne von uns, halfen, das Schlimmste zu überleben, jeder auf seine Weise, mit seinen ganz persönlichen Fähigkeiten und Stärken.
Jeder von uns ist ein wichtiger Teil des Ganzen und würde auch nur einer von uns fehlen, dann hätten die anderen nicht überlebt. Es ist wichtig, dass wir begreifen, wie wertvoll jeder einzelne von uns für alle anderen ist und dass wir alle zusammen mit den Kindern und Erwachsenen diesen einen Außenkörper teilen.

Wir sind wichtig und ganz und gar okay, so wie wir sind!

Dieser Satz soll uns begleiten, in diesem Buch und auf unserem Weg in ein besseres Leben, das frei ist von selbstzerstörerischen Verhaltensweisen und frei von Isolation und dem Gestern.
Dieser Satz soll uns auch begleiten, wenn wir nun den Raum auf den nächsten Seiten nutzen, um erst einmal hin zu schauen, welche Jugendlichen es bei uns gibt. Wenn wir darstellen wollen, wie wir Kontakt zueinander haben, dann können wir z.B. mit Farbe Verbindungslinien malen. Wenn uns der Platz hier nicht reicht, dann nehmen wir ein großes Blatt. Und wenn wir das Gefühl haben, dass wir uns damit nicht auf diesem Weg beschäftigen wollen, dann lassen wir es sein. Alles hier ist nur ein Angebot und wir haben die Möglichkeit, es entweder anzunehmen oder abzulehnen. Es ist heute und wir haben die Wahl!

Innere Landkarte:

Innere Landkarte:

eine Jugendliche, Mondtränen

System

Es ist schmerzlich zu erfahren,
einen Körper teilen zu müssen.
Es ist noch schmerzlicher zu spüren,
nicht der sein zu können, der man ist.

Es ist schwer,
in einem System zu leben.
Es ist noch schwerer,
sich darin nicht richtig zu fühlen.

Es ist gut zu spüren,
wie stark ein System ist.
Es ist noch besser zu erfahren,
wie eine Einheit entstehen kann.

Ich fühle mich gut und richtig hier.
Und dies kann ich all den anderen zeigen.

Jugendlich sein

Als Jugendliche befinden wir uns auf der Schwelle, zwischen Kind und Erwachsener. Den Kinderschuhen entwachsen, benötigen wir nun neue Schuhe, in denen wir gut laufen können.

Schon für Außen-Jugendliche ist das ein schwieriger Prozess. In dieser Zeit verändert sich ihr Körper, sie entdecken Geschlechtlichkeit und Sexualität und entwickeln eine berufliche und soziale Identität. Unsere Situation ist anders und gleichzeitig ähnlich, denn auch bei uns geht es um das Finden eines Platzes im System und um das Finden einer eigenen Identität, darum, akzeptiert zu werden von den anderen und sich selber so zu akzeptieren, wie wir sind.

***Jugendlich sein**, von Suse*

Was bedeutet es, jugendlich zu sein, innen? Was bedeutet es, jugendlich zu sein und keine Ahnung davon zu haben, was es bedeutet, jugendlich zu sein? Keine Ahnung zu haben, wie man sich verhält, was man braucht, was einem gut tut...

Wo finden wir Jugendlichen unsere Vorbilder? In welchen Büchern? In welchen Filmen? Und wo im realen Leben? Unsere Großen sind da genau so überfordert wie ich selber. Keinen Plan von nichts, so ungefähr...

Was bedeutet es für uns, jugendlich zu sein?
Wo finden wir unsere Vorbilder?

eine Jugendliche, Mondtränen

Hey

Hey, wir könnens nich mehr hörn,
wie ihr Erwachsenen sagt, was an uns falsch is,
wir das tun solln, was euch gefällt,
wir so sein solln wie ihr.

Hey, wir könnens nich mehr ertragen,
wie ihr Erwachsenen uns zurück weist,
wir wollen Draußenzeit,
wir wollen wir sein.

Hey, macht euch uns bewusst,
wir leben wie ihr hier drin,
wir leben ein gemeinsames Leben,
wir sind WER.

STÄRKEN
Wir dürfen uns nicht darauf reduzieren lassen, Opfer von etwas oder jemandem zu sein oder „nur" Jugendliche! Wir sind Überlebende und starke Personen! Wir sind so stark, dass wir es gemeinsam mit den anderen geschafft haben, bis hierher gekommen zu sein. Das bedarf eines großen Überlebenswillens und ganz viel Kraft und Stärke, das müssen wir uns immer wieder bewusst machen! Wir haben es bis hierher geschafft und unsere eigenen Aufgaben im System übernehmen müssen, damit alle weiter überleben konnten. Das ist so viel! Erinnern wir uns daran in schweren Momenten, was wir bis heute schon alles geleistet haben. Welche Kräfte und Stärken haben uns geholfen, bis hierher zu kommen?

Welche Kräfte und Stärken haben wir?

WIR, ÜBERLEBENDE.

Das ist es, was wir uns zurück holen:
Leichtigkeit, Sicherheit.
Das Gefühl der Unschuld.
Respekt. Würde.
Grenzen. Selbstliebe.
Reinheit. Lebendigkeit.
Frieden. Leben.
Unser Leben!
Freiheit.
Stück für Stück.

„I am alive!"

Unser Dasein hat einen Sinn!

Wir sind ein wichtiger Teil des Ganzen, gestern und auch heute.
Früher haben wir den anderen dabei geholfen zu überleben. Vielleicht ist das sogar noch heute unsere Aufgabe?
Womit haben wir den anderen früher geholfen zu überleben?
Welchen Platz haben wir heute im System und welche Aufgaben übernehmen wir heute im Innen und im Außen?

Welche Aufgaben haben wir heute?

Wenn wir uns aufeinander einlassen, dann gehört auch dazu, heraus zu finden, was wir mögen, jeder einzelne von uns – und was wir nicht mögen. Und zu sehen, dass wir alle verschieden sind.

- Was ist unsere Lieblingsmusik?
- Wer sind unsere Lieblingssänger?
- Wer ist im Film unser besonderer Favorit?
- Wer ist unser Star im öffentlichen Leben?
- Welche Poster und Bilder möchten wir in unserer Jugendlichenecke hängen haben?

Vielleicht unterscheiden sich manche Punkte total krass, weil auch wir Innenjugendlichen verschieden sind. Mancher mag nur Rapmusik, aber jemand anderes im gleichen Körper nur Rock. Doch weder das eine noch das andere ist falsch, es geht dann nur darum, Kompromisse zu finden, damit jeder von uns mal zu seinem Recht kommt und es gerecht zugeht. So wie im gesamten Alltag auch.

Kapitel 2
INNENRÄUME

Für uns Jugendliche in einem System ist es sehr wichtig, gute Innenräume zu schaffen, die unsere persönlichen Räume sind. Vergleichen lässt sich das mit den Jugendzimmern der Jugendlichen im Außen. Unsere Räume sollen für uns wohnlich, behaglich und vor allem sicher sein.
Schaffen wir uns innen einen eigenen sicheren Ort! Hilfreich können dabei die Imaginationsübungen von M. Huber und L. Reddemann sein. Wenn wir einen guten sicheren Ort gefunden haben, dann können wir ihn zusätzlich verankern, indem wir ihn malen, modellieren, schnitzen oder was immer uns einfällt.

***Mein Zuhause**, von Tessa, Mondtränen*
Mit Hilfe hab ich mir innen einen Platz gemacht. Das hat lange gedauert. Ich musste immer wieder umstellen und mehr auf Sicherheit achten. Also zuerst war da eine Steinmauer, sonst nichts. Mit der Thera haben wir dann geschaut, was da noch sein kann und muss. Es sieht jetzt so aus bei mir: Vorne ist die Mauer, mit einem Guckloch drin. An den Seiten sind Höhlenwände. Innen hab ich ganz viele Felle liegen. Sogar einen Sessel hab ich. In dem sitze ich echt gern und lese. Die Großen haben mir noch Lampen angebracht, dass es schön hell überall ist. Das brauchte ich zur Sicherheit. Die Plüschis sind auch mit innen. Sie sitzen überall rum, auf den Fellen, im Sessel. So sind sie immer für mich da. So ist es ganz gut für mich, hier im Innen einen sicheren Ort zu haben.

Welche Innenräume bieten uns Schutz und Sicherheit?

Welche Innenräume bieten uns Schutz und Sicl heit?

Besonders in schweren Zeiten brauchen wir Zufluchtsorte, innen und außen. Orte, wohin wir uns zurück ziehen können, wenn unsere Wunden verheilen sollen. Ein Ort, an dem Zeit, Raum und andere Menschen für diesen Moment ausgeschlossen werden müssen. Oder ein Ort, an dem es möglich ist, andere Innenpersonen oder innere Helfer dazu zu bitten. In jedem System gibt es Personen, die sich gut tun können und die sich gegenseitig unterstützen können. Das müssen nicht die super - Gesunden sein. Auch Personen mit unterschiedlichen Schwächen können voneinander profitieren, wie sich schon in der Geschichte vom Blinden und vom Lahmen zeigt, die sich gegenseitig stützen und führen. So etwas wird auch bei uns innen irgendwann möglich sein.
Wichtig ist, dass wir nicht nur die Beschützer für die Kleinen sind, denn das ist auf Dauer zu anstrengend, immer auf der Hut sein zu müssen. Wir sind nicht erwachsen, sondern jugendlich. Das müssen die Großen kapieren und ihre Verantwortung übernehmen. Die Hauptverantwortung für die Kleineren müssen die Erwachsenen tragen, wir können nur ein Stückchen mitragen.
Die Erwachsenen müssen begreifen, dass wir noch nicht groß sind, auch wenn wir in der Vergangenheit so viel übernehmen mussten, was eigentlich Erwachsenenarbeit gewesen wäre. Doch wir sind jugendlich und brauchen heute Erwachsene, die unsere Helfer und Ansprechpartner sein können. Und/ oder imaginäre Helfer und Beschützer.

- Wie kann für uns ein innerer Beschützer aussehen?
- Welche Eigenschaften und Qualitäten muss ein innerer Beschützer haben, der uns vor Gefahr warnen kann und der sich wehrhaft für uns einsetzt?

⌘ hier ist Platz für ein Bild vom Inneren Beschützer:

Früher mussten wir Schwerstarbeit leisten, damit alle überleben konnten. Ohne uns wären die anderen gestorben. Auch heute müssen wir Schwerstarbeit leisten: um aus dem Überleben heraus zu kommen und uns ein gutes Leben im Innen und Außen aufbauen zu können.
Wir können die Geschichte und unser so Sein nicht verändern. Aber wir können unser Heute verändern und von den Großen einfordern, dass sie sichere Außenbedingungen schaffen, die es uns ermöglichen, für uns Jugendliche andere Rollen zu finden und innen gute Räume für uns aufzubauen und innen Sicherheit zu spüren.
Unsere Energien sollen nicht mehr ins Überleben fließen, sondern in den Aufbau guter Innenräume und guter Innenkontakte.

Welche Innenkontakte tun uns gut?

Jugendliche, Mondtränen

lieb mich

Hast du jemals daran gedacht,
dass es mich geben könnte?
Jemals versucht, mit mir Kontakt aufzunehmen?

Weißt du eigentlich, dass ich dich mag?
Dir gerne zuschaue, wenn du was tust?

Hast du jemals gespürt, wie weh es in dir tut?
Wenn ich dir Signale sende?

Weißt du eigentlich, wie schlimm das ist,
nicht sein zu dürfen?
Dir nicht sagen zu können, hier bin ich?

Hast du dich selbst jemals gespürt?
Deinen Körper wahrgenommen?

Weißt du eigentlich,
dass ich nach deiner Liebe schreie?
Bitte LIEB MICH!

Wir Jugendlichen brauchen gute Innenkontakt
uns stützen und stärken. Innenpersonen, die uns so annehmen, wie wir sind, auch wenn es für viele Innies schwer sein mag, mit uns in einem Körper zu leben.
Wir haben uns das nicht ausgesucht, diese Geschichte und unsere teilweise zerstörerischen Fähigkeiten zu überleben. Unsere Not ließ uns keine andere Wahl. Es ist wichtig, dass wir das begreifen – und die anderen Innies auch. Wir sind unschuldig, wir haben nur überlebt!
Heute brauchen wir Hilfe und Unterstützung und Sicherheit, um das zu begreifen und um aus dem alten Verhalten aussteigen zu können.

Vielleicht ist aber noch niemand innen bereit oder in der Lage, uns eine Hand zu reichen?
Dann ist es nötig, dass wir uns innere Helfer schaffen, mit Hilfe von Imaginationsübungen, um die innere Isolation zu durchbrechen. Vielleicht kann uns jemand außen dabei helfen, z.B. in der Therapie. Oder wir arbeiten mit den Imaginations- Cds von Frau Reddemann oder von Michaela Huber. Oder wir ziehen uns an einen ruhigen Ort zurück und stellen uns selber gute Wesen vor, die an unserer Seite stehen und uns helfen.
Wir können diese hilfreichen Wesen zusätzlich verankern, indem wir sie malen, modellieren, in Speckstein gestalten oder was immer uns einfällt.

⌘ innere Helfer

Mein Sonnenbuch, *von Suse*
Die Großen haben angefangen, mir ein Sonnenbuch einzurichten. Es wird ein schönes Buch, es tut gut, darin zu blättern und zu sehen, wie schön die Großen das für mich machen. Zuerst ist da ein Text drin: I am me and I am okay. Das tut aber noch weh, das zu lesen. Wie soll ich glauben, dass ich okay bin?
Aber das danach tut nur gut, da ist nun Platz für die Dinge in unserem Leben, die bereits gut sind oder gut tun. Vielleicht mögen die Größeren das ja auch für Euch machen? Oder Ihr beginnt selber damit, Euch ein Sonnenbuch zu machen?

In einem Sonnenbuch kann auch Platz sein für Bilder von inneren und äußeren Helfern, guten inneren und äußeren Orten und allem, was einen ankern kann im Hier und Jetzt und nur gut tut.

Silbenrätsel

E – Heb - fer – I – po - horn - Rie – den - xo - I – me - mie – fant - Sa – Hel - Che – le – ti - phon – Ein - gel – se – am – tät – Tram - lin

Musikinstrument, 3 Silben:

Stacheltier, 2 Silben:

Naturwissenschaft, 2 Silben:

Jemand, der einem hilft, ist ein ..., 2 Silben:

Starkes Tier, 3 Silben:

Gegenteil von Zwerg, 2 Silben:

Geburtshelferin, 3 Silben:

Fabelwesen, 2 Silben:

Etwas, was viele Jugendliche suchen,

4 Silben:

Sportgerät, 3 Silben:

Der erste Buchstabe eines jeden Wortes ergibt der Reihe nach ein Wort, dessen Bedeutung für unseren Heilungsprozess im Innen und Außen sehr wichtig ist:

- - - - - - - - - -

Kapitel 3
AUẞENRÄUME

Gute eigene Außenräume und Rückzugsmöglichkeiten sind wichtig, auch für uns Jugendliche. Ein Zuhause, wo wir mit den anderen Innenpersonen zusammen wohnen. Ein Ort, an dem wir uns sicher und geborgen fühlen können und an dem wir unsere Ruhe haben.
Es ist Gift für unseren Heilungsprozess, wenn gute Außenräume fehlen, die nicht auch mit unserer Stimmigkeit ausgestattet sind. Gute Außenräume helfen, das Innen zu stabilisieren.
Was für Jugendliche im Außen Jugendzimmer und Wohnung sind, das sind für uns die eigenen Innenräume und ein oder mehrer Räume oder Bereiche im Außen.

***Mein Sessel**, von Tessa, Mondtränen*
Wenn wir innen so schlimm unsicher sind und Angst haben und unsere inneren Räume nicht finden, dann sind die Außenräume umso wichtiger. Die Erwachsene hat uns im Außen eine super schöne Ecke eingerichtet. Da können wir sogar ein bisschen entspannen. Da steht ein Lesesessel und wenn wir nicht mehr können, setzen wir uns da rein. Er ist wie ein kleiner Schutzraum. Hier können wir vor uns hin dösen, denken, lesen und auch schreiben. Da liegen immer parat: ein Schreibblock, Bücher, ein Fell und Plüschis. Das alles gibt dann innen wieder etwas Sicherheit und die Angst geht ein wenig weg.
Es ist ganz wichtig, auch im Außen geschützte, sichere Räume zu haben. Die Erwachsene hat da etwas länger gebraucht, um es so zu gestalten, dass es für uns alle stimmig ist. Wir sind ihr sehr dankbar dafür.

Didi Lindewald

Welche Außenräume bieten uns Schutz und Sicherheit?

Welche Außenräume bieten uns Schutz und Sicherheit?

So, wie wir uns im Innen Kraft- und Heilungsquellen aufbauen können, so ist es auch im Außen hilfreich, gute Orte zu haben, an denen wir Kraft tanken können. Dies können Orte in der Natur sein, an denen wir auftanken. Vielleicht ein guter Platz im Wald oder am Meer oder auf einem Hügel oder Berg? Ein Ort, der uns gut tut und von dem wir ausgeruht in den Alltag zurückkehren können.

⌘ **Platz für ein Foto oder Bild von unserem äußeren Kraft-Ort:**

Welche Außenkontakte tun uns gut?

Didi Lindewald

Wir weinen nicht

Wir sind sehr traurig.
Wir weinen nicht.

Es ist unerträglich.
Wir weinen nicht.

Unsere Seele läuft über vor Schmerz.
Wir weinen nicht.

Wir möchten darüber reden.
Wir weinen nicht.

Unser Gegenüber ist traurig um uns.
Er weint.

Wir sind traurig darüber.
Wir weinen…, endlich.

Didi Lindewald

Traurigkeit
Wenn wir traurig sind, weil es einem uns nahen Menschen schlecht geht oder einem Tier oder wegen einem schlimmen Ereignis oder weil wir einsam sind, so sind da ganz viele Gefühle mit im Spiel. Da können auch alte Erlebnisse wieder als Erinnerung auftauchen.
In so einem Moment fühlen wir uns überfordert, unfähig zu helfen, empfinden große Einsamkeit. Da ist es umso wichtiger zu schauen, wie wir mit der Traurigkeit und Einsamkeit umgehen können. Oft ist die Traurigkeit so groß, so gewaltig - und wir scheinen in Tränen zu versinken. Es ist gut, diesen mächtigen Gefühlen einen Raum zu geben, sie nach außen zu lassen. Und uns auch im Innen und Außen abzugrenzen. Auch hier, mit unserer Berührtheit, dürfen wir uns Hilfe holen, wenn es zu schlimm wird. Bei Ärzten, Therapeuten oder Freunden. Das Mitteilen unserer Gefühle macht uns schon ein bisschen weniger traurig und einsam. Vielleicht können auch vorrübergehend Beruhigungsmittel helfen, wenn es gar nicht anders geht. Es ist gut für die Seele, nicht mit der Traurigkeit und Einsamkeit alleine zu bleiben. Und zu lernen, für uns zu sorgen, im Innen und Außen.

„Hexenpower &
Drachenmut,
die tun uns jetzt
richtig gut!“

Vielleicht gibt es auch bei uns noch Kontakte, die uns schaden und behindern auf unserem Weg der Heilung? Vielleicht gibt es sogar noch Kontakte, die für uns gefährlich sein könnten?
Manchmal brauchen wir Hilfe dabei, herauszufinden, welche Außenkontakte uns gut tun und welche nicht. Bei Gefahr ist es nötig, dass die Erwachsenen über unseren Kopf hinweg Entscheidungen treffen, wenn es z.B. notwendig ist, Kontakte zu Tätern abzubrechen. Na klar fühlt sich das für uns nicht gut an, aber wenn Gefahr für alle besteht, haben die Großen keine andere Wahl, wenn sie das ganze System schützen wollen.

Kontakte, *Suse*
Anfangs war das echt schwer, die Entscheidung der Großen zu akzeptieren. Ich fand das alles gar nicht so schlimm, was uns passierte, weil ich es immer mit früher verglichen habe und nicht mit dem, was Normalos so aushalten. Ich hab zuerst echt dagegen an gestunken, fand das so doof, dass die einfach nicht gewartet haben, bis ich auch so weit war. Erst jetzt fang ich an zu begreifen, dass die Großen so handeln mussten, über meinen Kopf weg, um uns alle zu retten. Heute schau ich besser hin, was für Leute das sind, mit dem unser System zu tun hat, ob sie achtsam und respektvoll mit uns umgehen, uns akzeptieren, unsere Grenzen achten. Und ich fang eine Checkliste an, wie Leute sein müssen und wie nicht, wann sie Grenzüberschreiter sind, wann Täter. Das brauch ich, um zu erkennen, ob sie richtig sind, für uns, das mach ich mit der Thera zusammen, weil ich noch fast null Blick hab, was für mich gut ist, was nicht. Das mit der Checkliste könnt Ihr ja auch mal ausprobieren. Und rausfinden, wo Ihr schon mal gute Impulse habt, Euch selber zu schützen.

Durch unsere Geschichte sind wir es gewohnt, dass Menschen unsere Grenzen überschreiten und uns verletzen.
Nähe zu Menschen, die uns gut tun, kann viel mehr Angst machen als der Kontakt mit Menschen, die uns verletzen. Uns schädigende Kontakte sind uns vertraut, auf eine verdrehte Art macht uns das Sicherheit, wenn sich jemand so verhält, dass es sich vertraut anfühlt.
Wenn jemand achtsam ist und liebevoll uns gegenüber, dann kann das für uns gefährlich erscheinen. So gefährlich, dass wir sogar manchmal alles dafür tun, um diese für uns positiven Kontakte von uns weg zu stoßen.

Gefängnis!

Umgeben von einer Wand
Aus Stahl und Stacheln!
Nimm mich in den Arm.
GEH WEG!!!

Umgeben von einem Minenfeld.
Panik und Sehnsucht.
Nimm mich in dem Arm.
GEH WEG!!!

Wo ist eine Tür?

Kontakte- Checkliste:
Weiß diese Person von uns als ganzes System?
Wie geht sie mit diesem Wissen um?
Weiß diese Person von uns Jugendlichen?
Wie geht sie mit diesem Wissen um?
Mögen wir diese Person?
Was mögen wir an dieser Person?
Was mögen wir an dieser Person nicht?
Fühlen wir uns richtig bei dieser Person?
Ist der Kontakt mit dieser Person für uns leicht?
Wenn ja, warum?
Fühlen wir uns falsch bei dieser Person?
Ist der Kontakt mit dieser Person für uns schwer?
Wenn ja, warum?
Wie reagiert der Körper beim Kontakt mit dieser Person?
Spüren wir im Kontakt mit dieser Person Sicherheit, Geborgenheit, Liebe, Annahme unserer Person?
Ist diese Person achtsam im Kontakt mit uns?
Was tut uns im Kontakt mit dieser Person gut?
Was tut uns im Kontakt mit dieser Person nicht gut?
Ist diese Person achtsam mit unseren Grenzen?
Welche Vorteile haben wir durch den Kontakt?
Welche Nachteile haben wir durch den Kontakt?
Was ist der „Preis“ für diesen Kontakt?
Stellt diese Person Bedingungen für den Kontakt mit uns?
Ist es ein Täterkontakt, wo wir Altes wiederholen?
Wenn dieser Kontakt uns schadet, warum halten wir trotzdem weiter an ihm fest?

Angst und Liebe schließen sich gegenseitig aus. Wir können einen anderen Menschen nur entweder lieben oder Angst vor ihm haben.
Wenn uns ein Kontakt gut tut, dann fühlt sich auch das Miteinander richtig und leicht an.

Welche Außenkontakte schaden uns und warum?

Sich lösen zu können von Menschen und früheren Verhaltensmustern, die einem nicht gut tun, kann so schwer sein. Zu oft sind da noch immer Wegspaltungen, die einen nur das sehen lassen, was wir sehen und fühlen wollen. Der komplette und klare Blick und Verstand sind völlig weg. „Ach, es wird schon gehen, so schlimm ist es nicht. Andere halten das auch aus.“, sind da oft und immer wieder Ausreden für einen selbst.

Didi Lindewald

Rette mich

Lass los und sieh' nach vorn'
Lass los und schau' nicht zurück
Lass los und frag' nicht warum

Geh' und zögere nicht
Geh' und zieh' feste Schuhe an
Geh' und schau' auf den Weg

Du bist nicht allein
Du bist stark
Du bist dazu fähig

Hilf mir aus meiner Gefangenheit
Hilf mir aus meiner Blindheit
Hilf mir auf diesem Weg

Rette mich

Didi Lindewald

Es ist wichtig, dass wir lernen, uns selber zu schützen! Vielleicht können uns dabei auch Außenpersonen unterstützen, die uns gut tun?

Was gibt uns heute im Außen Sicherheit?
Hilfreich ist, wenn wir uns eine Checkliste für die äußere Sicherheit machen. Gemeinsam mit den Großen und unterstützenden Außenpersonen können wir überprüfen, wie weit heute unser Leben und unser Zuhause sicher sind und womit wir uns noch besser schützen können. Hier können die Polizei vor Ort und der Weiße Ring beratend helfen.

Heute haben wir die Möglichkeit zu lernen, uns zu wehren. Wir sind keine Opfer mehr, sondern Überlebende, die aus dem Opfersein aussteigen oder bereits ausgestiegen sind!

Zum Erlernen der Wehrfähigkeit kann gehören: Verlassen von Opferrollen, Gefahrensituationen erkennen, verbale Konfliktbewältigung lernen, Angstüberwindungstraining, Einsatz der richtigen Mimik und Gestik im Ernstfall, vorbeugende Problemlösungen lernen, Auspowertraining an Schlag- und Trittpolstern zum Aggressionsabbau, Koordinations- u. Balancetraining, Konzentrations- u. Entspannungsübungen, Konditions- u. Dehnkräftigungsübungen, Verbesserung der Wahrnehmung durch spezielle Tastsinn- Übungen, Spezielle Rollenspiele zum Erlernen von Eigensicherung im Fall einer Ansprache durch andere Personen und wie man sich im Notfall verhält, Vermittlung von sozialen Verhaltensregeln.
Unterstützt werden können wir dabei, indem die Großen z.B. zu einem Selbstverteidigungskurs gehen, bei dem es nicht um Kondition und Können geht, sondern um Selbstbehauptung (z.B. Wing-Tsun oder Wen- Do). Wenn Gruppentraining noch nicht machbar ist, geht vielleicht Einzelunterricht?

(Bild von Elija Sommer)

Wir lernen, um unsere Stärke zu wissen!
Auch, wenn wir es nicht immer fühlen:
Wir <u>sind</u> STARK!

Retter sein! - *eine Jugendliche*

Vor kurzem hat uns jemand sehr weh getan und deshalb haben die Großen diese Person angezeigt. Die Thera sagte: „Es gibt nicht nur Opfer und Täter! Es gibt auch noch die Retter!“ Und dann haben wir uns ein Bild aufgebaut, wie wir losfliegen, mit einem goldenen Umhang, um die Welt zu retten und uns selber. Das ist ein so gutes Bild und hat viel mehr Kraft als das Bild, Täter zu sein durch die Anzeige. Wir sind RETTER!!! Und das gibt uns Sicherheit, Mut und Stärke. Wir sind die GUTEN und ganz und gar richtig, auch, wenn wir uns wehren!

Drachenpower, von Suse

Bin nicht wie die Jugendlichen, da draußen.
Bin eine aus dem Ghetto.
Mich umschließt ein alter Körper,
mich behindert diese Geschichte,
mich drückt eine alte Last,
Narbengeflecht in mir.
Wenn tiefes Unbehagen
Stille Flüsse mit sich zieht,
Wenn Angst und Grauen
Den Körper falsch erscheinen lassen,
Wenn Schmerz und Not
Aus mir schreien wollen –
Dann erinnere ich mich!
An das Licht der Liebe
An das Licht der Sonne
An das Licht der Sterne
Dann gehe ich auf die Reise
Mit unserem inneren Drachen
Zu einem sicheren Ort.
Dort umhüllen mich Ruhe und Sicherheit!
Und ich bin richtig, so, wie ich bin!
In mir ist die Kraft des Drachen!

⌘ Hier habt Ihr Platz, um ein Bild zu malen, das für Euch Eure Stärke verankern kann:

Kapitel 4
BEDÜRFNISSE, SEHNSÜCHTE & TRÄUME

Manche von uns fragen sich bestimmt: Dürfen wir Bedürfnisse, Sehsüchte und Träume habe? Und wie sollen wir diese deutlich machen?
Mit allem, was wir uns wünschen und erträumen, sind wir vollkommen richtig. Vor allem auch mit unseren Bedürfnissen. Wir sind genauso bedürftig wie jede andere Außenperson auch. Es ist okay, dies den Großen gegenüber zu äußern. Wir können es ihnen sagen, aufschreiben, ja, sogar einfordern.
Oft ist es zu Beginn sehr schwer, den Großen klar zu machen, dass es uns mit unseren Bedürfnissen gibt. Sie müssen das erst verstehen lernen und auch lernen, sie uns einzuräumen.
Wir haben das Recht, für uns bestimmte Zeiten zu fordern, in denen wir sein dürfen, mit unseren Bedürfnissen. Auch bestimmte Räumlichkeiten und das Umfeld dazu.
Na klar kostet das auch Mut. Trotzdem: Seid mutig und artikuliert Eure Bedürfnisse, fordert und wünscht Euch, was Ihr benötigt!
Machen wir uns auf den Weg und finden heraus, was wir mögen und was nicht, was uns gut tut und was unangenehme Gefühle macht. Machen wir uns auf den Weg und finden unsere Träume und Sehnsüchte. Was davon kann sich heute verwirklichen lassen und was können wir im Hier und Jetzt an Gutem leben?
Die Vergangenheit lässt sich nicht ändern, aber unsere Gegenwart und Zukunft!
Schaffen wir uns im Heute eine Gegenwart, in der wir im Einklang mit unserem Leben sind und die sich, trotz allem, was war und ist, gut und richtig anfühlt. Wir sind stark, wir haben die Kraft dafür!

Es ist heute und
wir dürfen uns auf uns und auf Gutes einlassen!

Wenn wir damit beginnen, uns auf uns selber einzulassen, ist es wichtig, dass wir erkennen: Was tut uns gut? Welche Bedürfnisse, Sehnsüchte und Träume haben wir? Wie würde unser Leben aussehen, wenn wir nicht mehr überleben müssten?

Wagen wir den Schritt.
In das Land,
in ein fremdes Land!
Wagen wir den Schritt
In das Land,
das LEBEN heißt,
gutes und gesundes
Leben!

Beginnen wir diese Reise
mit dem ersten Schritt!

Was tut uns gut?

Welche Bedürfnisse haben wir?

Welche Sehnsüchte haben wir?

Welche Träume haben wir?

Manchmal gibt es in uns Blockaden oder Programme, die verhindern wollen, dass wir uns auf Gutes einlassen. Es kann sein, dass uns Stimmen einflüstern oder auf uns einbrüllen, dass es zu gefährlich ist, etwas Gutes zu machen oder dass es für uns verboten ist.
In solchen Momenten müssen wir uns bewusst machen, dass das alte Glaubenssätze und Gedanken und Programme sind, die uns da begegnen und die verhindern wollen, dass es uns heute gut geht und wir glücklich sind.

Es ist heute.
Wir dürfen glücklich sein und
uns auf Gutes einlassen!

Gerade wenn wir damit neu anfangen, uns auf Gutes einzulassen, dann kann das richtig viel Angst machen, bis hin zu dem Gefühl von Todespanik. Das liegt daran, dass uns das Alte vertraut ist, das wir gewohnt sind, so schlimm das auch ist.
Es kostet sehr viel Mut, sich auf Neues einzulassen! Manchmal macht das so viel Angst, dass wir nur weglaufen wollen. Es kann sogar sein, dass das Gute erst einmal schlimm weh tut, weil wir dann auf einmal spüren, was wir so lange vermisst haben. Doch das ist okay, auch diese Gefühle der Trauer gehören zu uns. Es ist traurig, dass es so lange so schlimm gewesen ist und wir so lange nur um das nackte Überleben kämpfen mussten. Es ist schmerzlich, das alles zu be- greifen. Aber das Gute hilft uns auch dabei, dieser Traurigkeit und dem Schmerz zu begegnen und Gegengewichte zu setzen. Wir können unsere Geschichte nicht verändern, aber wir können dem heute Gutes entgegensetzen!

Was hindert uns heute noch daran, gut für uns zu sorgen? Was müssen wir ändern?

Sabine Marya

Klarheit hilft uns,
Entscheidungen zu treffen und
für unsere Belange einzutreten.

Begreifen (für Anja)

Ich schaute in den Spiegel
Und entdeckte Narben und Wunden
In meiner Seele.

Ich schaute in den Spiegel
Und entdeckte Narben und Wunden
Auf meiner Haut.

Schmerz und Qual und Trauer!
Angst und Not und Verzweiflung!
Ich wollte weglaufen...

Doch da trat ein Engel zu mir.
Und er zündete mir ein Licht an
In der Dunkelheit.

Bleib, hatte er mir zugeflüstert.
Bleib und entdecke das Gute.
Bleib und entdecke das LEBEN!

Trotz meiner Angst griff ich nach dem Licht.
Trotz meiner Angst machte ich einen Schritt.
Nach vorne.

Ich bin geblieben. Trotz allem.
Ich bin geblieben.
Und begann zu begreifen.

Manchmal kann ich mich auf Gutes einlassen,
ohne dass es mir kaputt gemacht wird.
Leben kann tatsächlich auch gut sein. Danke!

Didi Lindewald

Kapitel 5
GRENZEN INNEN UND AUSSEN

Von Anfang an wurden unsere Grenzen ignoriert und überschritten. Dadurch ist es besonders schwer, sich heute der eigenen Grenzen bewusst zu werden und hin zu spüren, wo Grenzen überschritten werden, innen und außen. Doch es ist ein wichtiger Lernprozess.
Dazu gehört, dass wir lernen, unsere eigenen Gefühle und Wünsche zu erkennen und sie auszudrücken und dass wir in Kontakt treten mit unserer Wut, unserem Zorn und unserer Trauer.
Es ist möglich, das, was uns damals einprogrammiert wurde, umzuprogrammieren. Noch sind manche von uns gefangen im Schmerz und in den Regeln von damals, doch es ist möglich, sich aus dem Alten zu befreien. Die Narben werden bleiben, doch wir werden wachsen und stark werden, nicht nur für das Überleben, sondern auch für das LEBEN!

WIR UND UNSERE GRENZEN SIND WICHTIG UND RICHTIG!

Grenzüberschreitung, *eine Jugendliche, Mondtränen*
Sehr schmerzlich müssen wir immer wieder erfahren, wie ständig jemand über unsere Grenzen latscht. Es gab Zeiten, da spürten wir das noch gar nicht. Jetzt ist da aber dieser schlimme Schmerz und die Verzweiflung zu spüren. Und Fragen tauchen auf: War das zuvor auch schon so? Warum geht ein Mensch so mit uns um? Wie können wir uns da schützen?
Da ist keinerlei Gefühl da, wie das gehen kann. Aber da ist: Es ist nicht richtig! Empörung!

Eine Jugendliche, Mondtränen

Stop!

Knall uns nicht ständig eine vor den Bug.
Hörst du nicht das Aufknallen?
Sei nicht so bestimmend.
Merkst du nicht unsere Ablehnung?
Schlag nicht mit Worten um dich.
Spürst du nicht, wie weh uns das tut?
Versuche nicht, uns anzufassen.
Siehst du nicht unsere Erstarrung?
Frag uns doch, was wir brauchen.
Wir sagen dann schon STOP.

Grenzen, *Suse*
Wie soll eine wissen, wann Grenzen überschritten werden, wenn sie es gar nich weiß, was da abgeht, gar nich begreift, dass da Grenzen überschritten werden? Echt, ich fühl mich so unwissend. Und voller Scham, wenn ich seh, wie ich alles mitgemacht hab, was man von mir wollte, ohne Ahnung von Grenzen, ohne ein Wissen von der Möglichkeit, Stop zu sagen, auch wenn die Thera sagt, dass die Jugendlichen genau so unschuldig sind wie die Kleinen. Jetzt muss ich mühsam lernen, wie ein kleines Kind, dass auch ich ein Recht auf eigene Grenzen habe und dass ich unschuldig bin, das ist schwer. Dabei knall ich auch gegen Grenzen, die ich selber hab, die mich gefangen halten. Manchmal möchte ich einfach nur losbrüllen, aufschreien. Mich wehren. Begreifen und weinen... In den Arm genommen werden... Gehalten werden... Spüren... Sein!

Ein Jugendlicher, Mondtränen

Steh auf!

Steh auf!
Bekommst gesagt, was du tun sollst.
Steh auf!
Bekommst gesagt, wohin du gehen sollst.
Steh auf!
Bekommst gesagt, wie du dich verhalten sollst.
Steh auf!
Bekommst gesagt, wer du sein sollst.
Steh auf!
Steh auf!

Steh auf!
Und schrei, so laut du kannst, wer du bist!

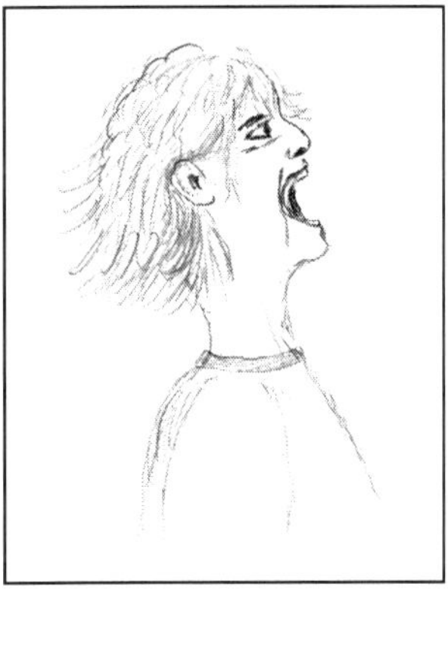

Wie können wir gesunde Grenzen innen und außen setzen?

Viele von uns befinden sich in einer Therapie. Bei einigen mag es hin und wieder Probleme geben, Unklarheiten und Unstimmigkeiten.
Egal, welche Therapieart und welche Therapeuten wir haben, wichtig dabei ist: In jeder Beziehung, auch in einer therapeutischen, dürfen wir entscheiden, mit wem und mit wie vielen Menschen wir arbeiten können und möchten. In einer Therapie darf es nie ein „Entweder - Oder“ geben.
Therapie ist immer auch Beziehungsarbeit und Arbeitsbündnis, in dem wir frei entscheiden dürfen. Ist das nicht mehr stimmig, so ist es nötig zu sagen: „Hör auf, mich zu interpretieren, hör auf, mich in eine Richtung zu drängen, hör auf zu bewerten.“ Wir müssen das nicht mehr aushalten. Sonst machen wir uns abhängig und bringen uns damit wieder in die alte Opferrolle hinein. Es kostet Mut, genau hinzusehen: Was ist gut für uns, mit wem können wir (noch) gut arbeiten, wer nimmt uns so, wie wir sind, wer holt uns dort ab, wo wir stehen?

Grenzüberschreitung in der Therapie,
Jugendliche, Mondtränen
Wir fühlen uns so doll verletzt und unverstanden in unserer Therapie. Die Thera sagt, dass nur sie und sonst keiner für uns zuständig sein darf, sonst könne sie nicht arbeiten mit uns. Sie weist uns in eine ganz starke Richtung, ihre Richtung und überschreitet unsere Grenzen. Sie übt Druck auf uns aus, fordert uns auf, uns zu entscheiden, für sie oder unsere Klinikthera, sonst sei die Therapie bei ihr beendet. Schon monatelang halten wir durch und aus. Wir denken, schließlich sind wir ja die Verrückten, sie wird es schon wissen, was richtig ist.
Wir können es nicht fassen und glauben. Sie stellt uns vor eine Wahl, die wir nicht treffen können. Wir brauchen beides, ambulante Traumathera und die Klinikthera. Seit Monaten versucht sie, uns die Kli-

nikthera zu nehmen und sagt, wir sind nicht therapiefähig in einer Klinik.
In uns ist eine einzige große blutige Wunde. Wir sind ein blutiges offenes Etwas.

Therapie – Checkliste

- Werden wir als multiples System gesehen und anerkannt, mit unserer Geschichte und unserem so Sein?
- Ist auch in der Therapie Raum für uns Jugendliche?
- Wird mit uns achtsam umgegangen?
- Werden unsere Grenzen geachtet?
- Werden wir als Person und mit unserem so Sein respektiert?
- Werden wir da abgeholt, wo wir gerade stehen?
- Werden wir und unsere Bedürfnisse ernst genommen?
- Werden wir und unsere Grenzen ernst genommen?
- Werden wir und unsere Stärken wahrgenommen?
- Werden Überlebensmuster als noch notwendige Hilfsmittel zum Überleben erkannt?

- Werden Zusammenhänge zwischen unserem Verhalten damals und heute aufgezeigt?
- Werden mit uns neue Möglichkeiten erarbeitet, um uns allen ein besseres Leben zu ermöglichen?
- Werden wir dabei unterstützt, im Außen und im Innen gute Kontakte aufzubauen und auszubauen?
- Erhalten wir gute Unterstützung und Begleitung auf einem Weg in ein besseres und gesünderes Leben?
- Entwickelt sich in der Therapie eine gute tragfähige therapeutische Beziehung?
- Wird uns in der Therapie geglaubt?
- Fühlen wir uns ernst genommen mit unseren Ängsten, Sorgen, Problemen und Nöten?
- Wird von uns gefordert, den Tätern zu vergeben?
- Fühlen wir uns im therapeutischen Kontakt richtig, so, wie wir sind?
- Fühlen wir uns nach der Therapiestunde gestärkt?
- Fühlen wir uns auf unserem schweren Heilungsweg liebevoll unterstützt durch diesen Menschen?
- Wird uns Mut gemacht zu fühlen und Neues auszuprobieren, was uns gut tun könnte?
- Werden wir als untherapierbar hingestellt oder als sehr kranke Menschen begriffen, die gute Unterstützung und Begleitung brauchen auf ihrem schweren Heilungsweg von der eiternden Wunde bis zur Vernarbung?

Diese Checkliste lässt sich auch auf andere Kontakte im Außen übertragen. Niemand darf uns verletzen oder unsere Grenzen überschreiten oder uns zu etwas zwingen, was wir nicht wollen.

Es ist heute!
Wir sind richtig!

Wir sind richtig, auch mit unseren Grenzen!

Wenn jemand einen so schweren Unfall überlebt, dass er dabei ein Bein verliert, dann ist er nach dem Unfall behindert. Diese Behinderung wird nie mehr weggehen und trotzdem ist es möglich, sich ein gutes Leben aufzubauen. Es wird nach diesem Unfall, wenn der Stumpf verheilt ist, gute Tage geben, aber auch schwere Tage, an denen die Narbe schmerzt oder an denen es wieder nötig ist, an Krücken zu gehen oder aber den Rollstuhl benutzen zu müssen.
Dieses Bild können wir auf uns übertragen. Mit einer solchen Geschichte wird das Leben nie mehr so sein können wie das von nicht Traumatisierten und es bleibt in manchen Bereichen eingeschränkt. Trotzdem kann es gut und lebenswert sein!
Auch für uns kann es Menschen und Dinge und Projekte geben, für die es sich lohnt zu leben und weiter zu gehen, auch an den schweren Tagen. An schweren Tagen können uns auch gute Erinnerungen dabei helfen, sich im Überleben weiter zu verankern. Erinnerungen, die wir uns geschaffen haben.
Gute Erinnerungen sind ein wichtiger und wertvoller Schatz, genau so wichtig wie das Gute, das wir uns heute in unserem Leben schaffen! Geben wir dem Guten die Chance, uns zu berühren und einen Platz in unserem Leben einzunehmen! Versuchen wir, täglich etwas Gutes für uns in den Alltag einzuplanen. Damit schaffen wir ein Gegengewicht zu dem Schlimmen, was war und ist und machen uns bewusst, wie lebenswert Leben eben trotzdem auch ist! Es ist so wichtig, dass wir uns unsere Grenzen und unsere Stärken bewusst machen!

Schmerzen
Oft wird unser Leben durch Schmerzen bestimmt. Sie sind teilweise so stark, dass sie uns viel Kraft rauben. Es ist wichtig, diese Schmerzen ernst zu nehmen und sie mit therapeutischer und ärztlicher Hilfe anzuschauen. Woher kommen sie, wo sitzen sie, wie fühlen sie sich an? Und wie können sie gemildert werden? Mit Medikamenten oder Körpertherapie? Unsere Schmerzen sind vielfach seelische Schmerzen. Da ist es wichtig zu verstehen, dass Medikamente ihre Grenzen haben und wir immer wieder an unsere eigenen Grenzen kommen, was das Aushalten der Schmerzen betrifft.
Hilfreich ist es dann für uns herauszufinden, was helfen kann, z.B. Wärme in Form eines Kirschkernkissen, schmerzlindernde Öle, Entspannungen, ein heißes Bad, Imaginationen.

Enttäuschung, *Jugendliche, Mondtränen*
Wir haben ständig Schmerzen und oft stark. Mutig sind wir zu einem Schmerzarzt. Voller Hoffnung saßen wir vor ihm. Wir dachten, er kann ganz bestimmt helfen, uns ein neues Medikament aufschreiben und dann sind die Schmerzen besser. Er sagte aber, dass

diese Schmerzen zu viel sind und auch Schmerzen aus unserer Seele sind. Da kann kein Medikament helfen.
Wir sackten alle zusammen und waren so enttäuscht. Uns war nach Heulen und Schreien zumute. Die Große ist auch verzweifelt. Sie versucht nun durch Imaginationen für uns alle eine Besserung zu bekommen.

Wo begrenzen uns Grenzen in unserem Sein?

Was macht unser Leben trotz bestehender Grenzen gut und lebenswert?

Lichtwesen, von *Didi Lindewald*

(Auszug aus Didis „Trauma-Labyrinth", das in Arbeit ist)

Lichter umschwirrten meine Augen. Ich nahm sie durch die geschlossenen Lider wahr.
Ich lag irgendwo, wusste aber nicht an welchem Ort und welche Zeit es war. Ich versuchte, in meinem Gedächtnis zu graben, aber ich kam zu keinem Ergebnis. Die Augen ließ ich geschlossen. Es war zu mühsam, die Lider zu heben, so schwach fühlte sich der Körper an. Es war ein wohliges, gutes Gefühl, was ich mir erhalten wollte. Die Überlegungen, wo ich wohl sein könnte, gab ich auf, um mich ganz diesem Gefühl hingeben zu können. Es kostete zuerst unglaublich viel Konzentration, dann spürte ich, dass ich ganz in diesem Gefühl sein konnte und dass es mir Geborgenheit schenkte.
Langsam verließ ich meinen Körper, entschwebte ihm. Ich näherte mich einer Röhre, deren Eingang ganz dunkel war. Es zog mich förmlich in diesen dunklen Tunnel. Am Ende des Tunnels befanden sich helle Erscheinungen. Ich wünschte, schnell dort hinzugelangen. Denn dort würde mich Gutes erwarten, das spürte ich. Auf dem Weg dort hin begleitete mich sanfte Musik.

Nebelartige Wesen mit einem leuchtenden Schweif tauchten auf. Ich schwebte immer weiter in der Röhre, Richtung Helligkeit. Die Wesen umgaben mich.
Kurz vor dem Ende der Röhre wurde es immer heller. Ich sah nun, dass die Wesen mit gleißendem Licht umgeben waren. Meine Augen gewöhnten sich an das Helle, ich spürte, dass Jemand mir wohltuenden Balsam in die Augen gab. Die Wesen empfingen mich an der Pforte zum guten Ort. Dort sah ich etwas, was ich nie zuvor gesehen hatte. Herrlich

tanzende hüllenlose Körper, alle mit hellem, wohltuendem Licht umgeben. Die Atmosphäre war einzigartig! Alle erdenklichen Lichtwesen waren hier, um mich zu begrüßen und willkommen zu heißen. Sie hielten untereinander so zusammen, dass ihre Formationen eine wunderschöne Landschaft ergab.
Ich fühlte mich so wohl, wohlig warm und unter dem Schutz dieser Lichtwunder.
Irgendwann, zu gegebener Zeit, werde ich diesen Ort und die Lichtwunder verlassen müssen, dann werde ich sie aufnehmen in meine Gedanken.

Kapitel 6
ÜBERLEBEN

Eine Geschichte wie diese prägt uns, unser Sein und unsere Möglichkeiten, schlimmstes zu überleben. Diese Geschichte hat es überhaupt erst notwendig gemacht, dass wir entstehen mussten. Für manche von uns ist das Dasein auch heute noch ein Horrortrip und alte Überlebensmuster müssen NOCH aktiviert bleiben, um nur zu überleben.

Jugendliche, Mondtränen

Ich?

Still versenkt sich ein Teil von mir.
Lautlos ist er gegangen.
Angst hatte er, es nicht mehr auszuhalten.
Und wieder hat sich ein Teil versenkt...
Und wieder und wieder und wieder...

Sie sind alle verschwunden.
Was bleibt, bin ich.

Aber wer ist ICH?

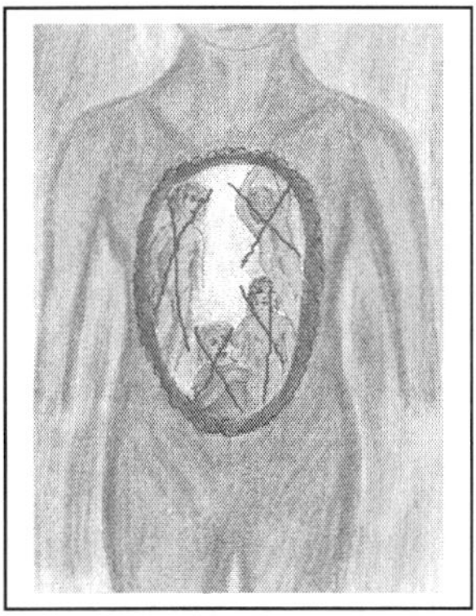

ÜBERLEBEN – *von Suse*
Wenn ich gefangen bin im Überleben, dann bin ich fast am Sterben, dann steck ich fest in einem Sumpf, der mich in die Tiefe ziehn will. Jetzt geht es nur darum, mich auf irgend was zu konzentrieren außer meine Panik unterzugehen, dann geht es nur darum, das zu überleben, irgendwie, bis ich irgend was zu fassen kriege, an was ich mich rausziehn kann. Dann kriech ich mühsam an Land und leck meine Wunden, wenn ich nicht zu fertig bin dafür und seh mal wieder: hey, ich hab überlebt, mal wieder. Ich schau mir meine Wunden an und denk: „Scheiße!“ Aber welche Wahl hat eine denn, wenn sie um ihr Leben kämpft, wenn sie nur noch überlebt???
Die Thera sagt, dass wir verstehen müssen, dass das alles Überlebenshilfen sind, die wir noch brauchen, so lange wir drin stecken im Überleben, dass die zwar schlecht sind für uns, aber leider immer noch das kleinere Übel. Besser überleben als sterben, sagt die Thera. Und dass wir eine Notfall – Liste brauchen, auch ich, um in Not nich mit dem schlimmsten anzufangen, sondern mit dem „kleinsten Übel“.

eine Jugendliche, Mondtränen

Hilflos

Wenn Schwermut mich befällt,
alles im waberigen Nebel versinkt,
die Äste der Bäume sich zur Erde neigen,
die Wolken sich in schwarzer Farbe tränken,
der Himmel kein Blau mehr zeigt,
der Körper Trauer trägt,
dann bin ich in tiefster Traurigkeit und
dunkelster Depression,
dann schreit alles innerlich nach Hilfe.

Suse

ALPTRAUM!

Strudel aus Angst und Flashs.
Panik, mich zu verlieren
in einem leeren Raum!

Wer weckt mich auf?
Wer reicht mir seine Hand?
Wer rettet mich?

Durch die Angst
suche ich verzweifelt den Weg.
Zum LICHT! Zum LEBEN!

NOTFALL - LISTE

- ATMEN!!!
- Hinschauen, welche Gegenstände ich im Raum/ um mich herum wahrnehme, lauschen, welche Geräusche ich höre
- mir sagen: es ist HEUTE!
- Körperposition verändern: Aus dem Liegen mich erheben ins Sitzen, aus dem Sitzen ins Stehen, aus dem Stehen in die Bewegung, Raumwechsel
- Handinnenflächen aneinander reiben, Coolpack in die Hand nehmen oder Eiswürfel oder kaltes Wasser über die Hände laufen lassen
- Angenehme oder unangenehme Düfte, Mentholbonbons lutschen
- Imaginationsübungen machen: Tresorübung, innere Helfer, sicherer Ort
- Sich Hilfe holen innen und/oder außen (Telfonliste sichtbar neben dem Telefon oder Nummern eingespeichert haben), **niemals** ehemalige Täter anrufen
- körperliche Betätigung, Bewegung, Sport,
- malen, schreiben, modellieren u.ä.
- Ablenkung: Musik, ein Buch, Bilder anschauen, einen Film angucken,
- Gegengewichte bewusst machen, für die es sich lohnt zu überleben, auch diesen Moment
- Eine Erinnerungskiste mit guten Erinnerungen oder ein Sonnenbuch anschauen
- Sich ins Bett verkriechen, vielleicht mit einem Plüschi und/oder einer heißen Schokolade
- Bedarfsmedikation

Auf die Horrorliste schauen: für Fall von Selbstverletzungsdruck Alternativen zu schlimmer Selbstverletzung aufschreiben, die den Körper weniger schädigen. **Immer** mit den ersten Punkten der Notfall-Liste beginnen, bevor die Horrorliste benutzt wird!

Notfall - Kiste

In Krisen kann es sehr hilfreich sein, eine bere.. fertig zusammengestellte Notfall – Kiste zu haben. Diese Notfallkiste befindet sich an einem gut zugänglichen Ort und es kommt dort alles hinein, was uns im Notfall unterstützend helfen kann, z.B.:

- die Notfall-Liste
- Not-Medikation, eine Dosis
- Düfte
- Kinder- und Jugendmusik
- Entspannungsmusik
- CD mit Imaginationsübungen
- Ein Kinderfilm & ein Jugendfilm
- Telefon-Notfall-Liste, ein Karten-Handy
- Plüschtiere
- Schokolade, ein Beutel mit leckerem Tee
- Mentholbonbons
- Mal- und Schreibzeug, Mandala-Block
- Fotos von für uns wichtigen Menschen
- Eine Liste von Punkten, für die es sich lohnt zu leben und diesen Moment zu überleben
- Eine Liste mit Punkten, was wir noch Schönes machen möchten.

Auch für unterwegs ist ein kleines Notfallpaket hilfreich, das uns in Krisen unterstützen kann!

Umgang mit Flashbacks, von Bina

Flashbacks werfen uns zurück in uraltes Grauen. Es gibt keine Sicherheit im Außen, ihnen zu entgehen, denn wir bewegen uns auf einem Minenfeld: Trigger lauern überall. Nicht alle lassen sich vermeiden, manches Vermeidungsverhalten würde uns auch zu sehr von allem fernhalten, was auch gut sein kann, was wir mögen und was uns gut tut. Und wir wollen uns nicht einsperren in eine Vitrine und von dort dem Leben da draußen zuschauen, sondern leben, wozu eben auch das Risiko gehört, dass wir Gefahren begegnen können. Im Außen gibt es keine absolute Sicherheit, aber im Inneren gelang es uns durch die Imaginationsübungen immer mehr, dort sichere Orte und Sicherheitszonen und innere Helfer zu schaffen, die auch in diesen schlimmen Momenten inzwischen sofort abrufbar sind durch die viele Übung.

Die Liste der Trigger ist so groß, dass sie zu viel Raum einnehmen würde, um sie hier alle aufzulisten. Und es macht auch keinen Sinn, denn jeder Mensch hat seine eigenen Trigger und was dem einen Sicherheit bieten kann, das ist für andere ein Trigger. Aber es ist wichtig, um seine eigenen Trigger zu wissen, um die Flashbacks so besser zuordnen zu können und zu begreifen: Das ist ein Flashback und das war der Auslöser dafür.

Früher stand ich Flashbacks total hilflos gegenüber, wie gelähmt waren wir allem ausgeliefert, was uns überrollte, bis wir in der Therapie Möglichkeiten gefunden haben, uns da selbst zu helfen.

Was uns heute hilft? Erst einmal: sich erden mit atmen!!! Atmen ist das allerwichtigste, denn so lange wir in der Erstarrung bleiben und die Luft anhalten, so lange sind wir nicht handlungsfähig! Für uns war es oberwichtig, das begriffen zu haben.

Das wichtigste danach ist erst einmal für uns die Reorientierung in Zeit und Raum: sich vergewissern: es ist HEUTE! Und sich vergewissern, was ich wahrnehme in dem Raum um mich, über alle Sinne, sehen, hören und riechen. Mindestens 5 Dinge aufzählen, die sich im Raum befinden und die ich sehen kann. Dann horchen, welche Geräusche ich wahrnehme um mich herum, 5 Geräusche finden. Danach der Geruch: was rieche ich? Und dann zu mir zurückkehren, mich anschauen und sehen, was ich an mir wahrnehme.

Manchmal ist es hilfreich, dass ich meine Position verändere und mich bewege, aber manchmal ist es auch notwendig, erst einmal die Tresorübung zu machen oder einen sicheren inneren Ort für die Kleinen und Jugendlichen zu finden oder innere Helfer zu aktivieren, die uns dabei unterstützen. Wenn nötig, holen wir uns auch Hilfe von außen, so fern das machbar ist. Manchmal hilft es auch, uns mit Eiswürfel oder Coolpacks in die Gegenwart zurück zu holen oder kaltes Wasser über die Hände laufen zu lassen über 5-10 Minuten, was besonders unterwegs meistens machbar ist. Auch fies eklige Gerüche und unangenehmer Geschmack (Zitrone, scharfe Mentholbonbons etc.) sind eine schnelle Hilfe zur Reorientierung für uns geworden, etwas in der Richtung haben wir immer bei uns.
Mit Bilder- und Gefühlflashs können wir inzwischen ziemlich gut umgehen, für den Notfall haben wir Tavor dabei, wenn wir es nicht schaffen, dass unsere Hilfsmöglichkeiten greifen. Früher waren die Flashs auch einer der Hauptgründe für SVV, es half uns, wieder in die Realität zu finden, doch heute ist das zum Glück kaum noch notwendig, da unsere anderen Mittel greifen, die wir haben.
Am schlimmsten für uns sind die Körperflashbacks, diese Schmerzen sind der Wahnsinn und es helfen keine Medis, sondern nur die Tresorübung. Dabei müssen wir die Schmerzen umwandeln in einen Gegenstand (z.B. einen stechenden Schmerz in ein Messer) und diesen müssen dann die inneren Helfer in einen Tresor legen, der nur dafür gebaut wurde. Manchmal sind es mehrere Gegenstände für einen Körperflash, teilweise dauert diese Arbeit bis zu einer Stunde und mehr, bis schließlich alles weggepackt ist und dann müssen die inneren Helfer diesen Tresor schließen und ihn irgendwo versenken. Dann müssen Drachen dort positioniert werden

oder andere starke Fabelwesen, die den Tresor bewachen.
Und hinterher trinken wir viel, am besten Wasser, um den Körper zu reinigen, manchmal ist auch Duschen nötig, um den „Dreck“ aus den Flashs abzuspülen. Immer sorgen wir hinterher für eine Stabilisierung durch Ruhe und durch Rückzug oder helfende Gespräche oder indem wir ein Gegengewicht schaffen zu dem Schlimmen mit etwas, was uns gut tut. Und das unabhängig davon, wo wir gerade sind oder was wir vorher gerade gemacht haben. Denn es ist heute und wir dürfen gut für uns sorgen, das haben wir inzwischen fest verankert dank der vielen Jahre Therapie. Wir dürfen es uns nicht nur erlauben, uns auf Gutes einzulassen, sondern es ist lebenswichtig, damit ein Gegengewicht zu schaffen zu allem Schweren und Schmerzlichen, was es in unserem Leben gibt, der Flashbacks eingeschlossen. Je besser wir für uns sorgen und je besser wir auf uns und unsere Grenzen und Bedürfnisse und Wünsche achten, desto besser können wir auch mit den Flashbacks umgehen, das ist unsere Erfahrung, denn das Gute gibt uns auch in schweren Zeiten und in Momenten der Flashbacks ein bisschen mehr an Stabilität.

Didi Lindewald

Was hilft uns heute zu überleben?

Eine Jugendliche, Mondtränen

Wir

Ich weiß, du wirst mich nicht verraten.
Du bist ganz still in dir.
Einmal bat ich nur darum.
Du hältst seitdem dicht.
Auch wenn du oft gefragt wirst.
Endlich doch zu sagen, wer da ist.
Aus deinem Mund wird es nie zu hören sein.
Es ist gut, jemanden Verlässlichen zu haben.
Was ich dir dafür gebe?

Mich.

Viele der alten Überlebensmuster schaden dem Körper. Es mag verlockend sein, sich mit Alkohol weiter dicht zu schütten oder sich mit Drogen weg zu machen, um den alten Schmerz und das Grauen nicht spüren zu müssen, es mag sich normal anfühlen, sich selber zu verletzen oder sich anderen körperlich anzubieten. Es mag verführerisch sein, der Todessehnsucht nachzugeben.
Doch das alles verbessert nicht unser Jetzt, sondern führt uns und den Körper weiter in einen Abgrund und vollendet nur das, was die Täter nicht vollendet haben. Nehmen wir ihnen die Macht über unser Leben heute! Versuchen wir, Alternativen zu finden und holen uns im Außen und bei gesünderen Innenpersonen Hilfe. Anfangs ist das unglaublich schwer. Vielleicht stolpern wir zuerst wieder in alte Löcher, aus denen wir mühsam wieder heraus krabbeln müssen. Es braucht seine Zeit und Arbeit, bis man einen anderen Weg wählen kann, einen ohne alte Löcher. Aber in uns steckt die Kraft für diese schwere Heilungsarbeit! Wir haben es schon bis hierher geschafft, das ist so viel.
Auch für uns gibt es Wege heraus aus dem Überleben! Anfangs sind es vielleicht nur Mäuseschritte, die wir gehen können, doch das ist völlig okay. Jeder kleine Mäuseschritt bringt uns ein Stückchen weiter nach vorne, weg vom Überleben, hin zu ein bisschen mehr Lebensqualität.

Sometimes life only seems to be so darkly.
But there is a light, always!
Behind the clouds,
There are the stars and the sun.
Just – believe!

Das Gegenteil von Schuld: **FREIHEIT!**
Das Gegenteil von Scham: **Lebendigkeit!**

Manchmal sind einige Innenpersonen schon nicht mehr nur am Überleben, während andere immer noch voll im Überleben drin stecken, was für alle Beteiligten sehr schwer ist. Besonders schwer ist es auszuhalten, wenn zu diesen Innenpersonen auch noch der Kontakt verloren geht.

ein Jugendlicher, Mondtränen

Ich spür mich, aber du?

Wach auf!
Ich könnt schreien. Nur noch schreien.
Warum fühlste dich so tot an? Warum sagste nix?
Die andern weinen. Sagen aber auch nix.
Red mit mir. Ich muss doch auf dich aufpassen.
Was is passiert? Es tut so weh.
Leb mit uns!
Sonst fehlt ein Steinchen in unserm Mosaik
Und alles is kaputt.
Wir schaffens doch gemeinsam.
Ein bisschen nur. Bitte.

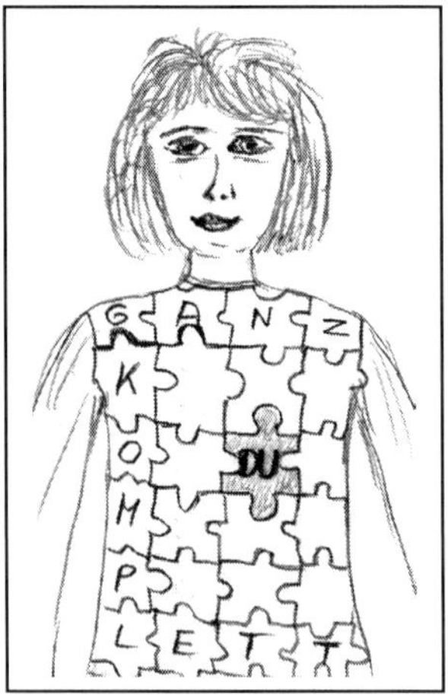

Suizidalität

Manchmal scheint das Sein nicht aushaltbar zu sein. Manchmal scheint alles zu schwer und zu schmerzlich zu sein. Manchmal möchten wir nur noch fort sein, für immer. Sterben. Dieses Gefühl holt uns immer wieder ein, so lange wir uns erinnern können.

„Latente Suizidalität“ sagen die Fachleute dazu. Was dahinter steht, ist ein anstrengender Überlebenskampf. Wir müssen immer wieder neue Anker schaffen, um zu überleben, um weiter durch zu halten. Und gleichzeitig die Möglichkeit des Suizids als einen Anker empfinden, um das Jetzt weiter überstehen zu können: „Wenn es zu schlimm wird, dann kann ich immer noch aus dem Leben gehen.“ Für Überlebende war und ist das teilweise die einzige Möglichkeit gewesen, Schlimmes zu überleben - und so lange wir im Überlebenskampf drin stecken und das Innen und Außen so wenig aushaltbar sind, erscheint es uns auch heute noch manchmal als der einzige begehbare Weg. Das Innen und das Außen müssen lebenswerter und sicherer werden, um eine Distanz zu schaffen zur Suizidalität und eine Brücke zum Leben Wollen.

Wir haben schon so viel überlebt. Dieses Wissen kann uns dabei helfen, auch diesen Moment jetzt zu überleben, in dem wir nur noch sterben wollen.

Alles ist vergänglich, auch das Leid. Auch dieses Wissen kann uns dabei helfen, diesen Moment jetzt zu überleben, in dem wir nur noch sterben wollen.

Wir sind bereits so weit gekommen und wir haben bis hierher schon überlebt! Wenn wir jetzt aufgeben, dann haben die Täter gewonnen und wir vielleicht nicht einmal gelebt!

Holt Euch SOFORT Hilfe
bei akuter Suizidgefahr!

Suizidalität, von Bina:
Suizidalität war ein Lebensbegleiter, so lange ich zurückdenken kann – und ist es immer noch. Suizidimpulse waren Teil unseres Lebens, mindestens seit dem 8.Lebensjahr – und sind es leider noch heute. Was uns dagegen schützen kann, den entscheidenden Schritt zu machen: uns daran zu erinnern, wofür es sich zu leben lohnt und für wen! Erlernte Notfallselbsthilfe! Und dass wir unser Bett zur Tabuzone für Gewalt gegen uns erklärt habe. Außerdem ein soziales Umfeld, das uns durch Krisen trägt und uns auffängt.
Wenn sich die Suizidalität anbahnt, dann steigt sie langsam in uns auf, muss dabei verschiedene Schleusentore passieren, die wir vielleicht noch rechtzeitig schließen können, bevor der Ernstfall eintritt, der uns das Leben kosten könnte. Wir haben eine Notfall-Liste und eine Notfallkiste, beides hat uns schon so viele gute Dienste erwiesen. Gefährlich wird es, wenn alles zu verschwinden beginnt, was wir uns an Ressourcen erarbeitet haben, die ganze Palette der Imaginationen und Notfallpläne, dazu gehören auch schreiben und malen bis zum Umfallen und der Notruf bei unterstützenden Freunden, bevor sich innen eine Leere ausbreitet und ich verschwunden bin. Leere ist ein massives Warnzeichen für Lebensgefahr und deshalb haben wir inzwischen mit Freunden die Abmachung getroffen, uns in einem solchen Fall unbedingt bei ihnen zu melden und gemeinsam zu schauen, wie das Leben gerettet bzw. gesichert werden kann in diesem Moment. Deshalb ist es so wichtig, rechtzeitig „die Kurve zu kriegen“, bevor die Personen draußen agieren können, die noch immer den Suizid als den einzigen Weg sehen, frei zu sein von allem, was schlimm ist und sich dem anzunähern, was Frieden bedeutet. Je mehr Macht Gefühle und Gedanken

Richtung Tod gewinnen, desto mehr sind wir in Lebensgefahr. Dann helfen oft nur noch gravierendere Maßnahmen wie die chemische Keule und SVV. Wenn ich aufklappe, dann bin ich noch (!) handlungsfähig, ich kann zurück greifen auf das alles, was ich in der Therapie, durch das langjährige Überleben und als destruktive Überlebensmuster gelernt habe, um zu verhindern, dass sich der Zustand verschlimmert. Ich bin immer noch in der Lage, mich daran zu erinnern, dass wir LEBEN wollen!!!
Auslöser für das „Aufklappen" sind vielfältig, lassen sich jedoch im Groben reduzieren auf Flashbacks und negative, grenzüberschreitende und verletzende Außenerlebnisse, die immer wieder alles Erreichte ins Schwanken bringen und begleitet sind von Selbstzweifeln und massiver Selbstkritik sowie einem Gefühl von völliger Sinnlosigkeit für alles, was wir tun und bis jetzt getan haben, auch, wenn andere meinen, dass das „ach so toll" sei, was wir schon geleistet haben. Manchmal ist es jedoch so schlimm, dass der Boden unter uns wegklappt und wir stürzen in einen Abgrund, aus dem wir aus unserem Gefühl heraus besonders bei den Jugendlichen nie wieder in die „Normalität" zurückkehren, das wir nur abwehren können durch den Suizidimpuls, der als einziger die Macht zu haben scheint, uns zu retten. Dann brauchen wir Hilfe von außen.
Seitdem die kollektive Entscheidung gefallen ist, LEBEN zu wollen, hält uns das verstärkt immer wieder davon ab, den einen entscheidenden Schritt zu machen, wenn alles andere nicht mehr greift.
Weil wir alle LEBEN wollen, so schwer das auch manchmal ist. Wir alle wollen LEBEN, so gut wie nur irgendwie möglich. Und dazu gehört auch, suizidale Krisen zu überleben, mit allen uns zur Verfügung stehenden Mitteln!

(Bild von Leah Nadine)

Befreien wir uns, aus dem Kerker der Vergangenheit!
Schuldbeladene Reaktionen von damals
ersetzen wir durch: „Ich darf!" und „Ich will!"
Schuld und Scham und Selbsthass ersetzen wir
durch Freiheit und Lebendigkeit und Liebe!
LEBEN leben wollen! Das ist heute unser Weg.
LEBEN leben, unser Ziel!

Ich lebe! - *von Didi Lindewald*

Als ich jünger war, wollte ich sterben. Alles war dunkel um mich herum. Ich lebte, war aber tot. Das Gift in mir begann seine Wirkung zu zeigen. So nach und nach verlor ich das Leben. Immer ein Stück mehr. Ich lebte, aber leise. Durstig war ich nach dem Tod, hungrig nach Liebe. Das Gift schmeckte bitter. Da war keine Süße auf der Zunge zu schmecken. Tothungern wollte mich das Gift. Es gab kein Licht, keine Schatten, nur Schwarzes. Alleine stand ich in der Welt. Wie in einem Rausch befand ich mich. Gedankenleer.

Heute lebe ich – noch immer. Heute wirft jedes Licht einen kleinen Schatten. Leben ist Hunger haben. Leben ist Natur sehen, in der Natur sein. Jetzt schmeckt es auf der Zunge bittersüß. Ich lebe.

Kraftreserven stärken!

Der tägliche Überlebenskampf kostet viel Kraft. Umso wichtiger ist es, das wir herausfinden, wo unsere

Kraftreserven liegen und wie wir sie stärken können.

Es ist HEUTE!!!
Gehen wir gemeinsam
in ein gutes LEBEN!
Dazu gehört auch:
GUT für uns zu sorgen!!!
Neue Wege gehen.
Uns Hilfe holen.
Leben wollen!
Veränderung wählen.

Weltangeln, *Jugendliche, Mondtränen*
Ich bin so hoffnungslos. So unveränderbar. Die Welt steht still. Bewegungslos. Erstarrt hängt sie in ihren Angeln. So auch ich.
Wenn das so ist, dann kommen die dunklen Schatten und die Angst. Wenn ich müde und geschwächt bin, wird das noch stärker. Dann muss ich versuchen, das Dunkle in den Tresor zu packen. Und den noch mit einer Schweißnaht verdichten. So habe ich Zeit, um Kraft zu tanken. Bis ich stabiler bin. Und wenn dann die Welt wieder in ihren Angeln erstarrt, habe ich wieder Kraft, um sie zum Drehen zu bringen. Immer wieder.

Finden wir heraus, was uns gut tut und was uns damit auch stärkt.
Vielleicht: einen Jugendfilm anschauen, ein Buch lesen, Musik hören oder einen Spaziergang machen? In der Bravo herumblättern, eine Musiksendung sehen, schaukeln oder trommeln? Gute Innen- oder Außenkontakte? Alles, was uns gut tut, stärkt unsere Kraftreserven. Auch der Glaube daran, dass es ein besseres Leben geben kann, auch für uns!

FREIHEIT, *ein Märchen*

Es war einmal, vor langer Zeit, als es im Dorf noch Sklaverei gab, dass ein Mädchen namens Huanita einem grausamen Herrn gehörte. Es war ein schlimmes Leben, doch da sie es nicht anders kannte, stellte sie es auch nie in Frage, sondern war sogar noch dankbar für jene Tage, an denen ihr Herr und Gebieter ein bisschen weniger grausam zu ihr war.

So zogen die Jahre ins Land und Huanita war schon 14 Jahre alt, als sie eines Tages zum Dorfbrunnen ging, um Wasser zu holen. Auf dem Dorfplatz sprach eine große weißhaarige Frau in einem weißen Gewand zu den anderen Sklaven: „Ihr müsst nicht für immer Sklaven bleiben! Sklaven können befreit werden! Ein großer Häuptling ist auf dem Weg zu diesem Dorf, zusammen mit seinen tapferen Kriegern, um auch hier endlich die Sklaverei abzuschaffen und alle Sklaven zu befreien. Wenn morgen der neue Tag anbricht und die Morgensonne am Horizont aufgeht, dann seid Ihr alle frei!!“

„Befreit von der Sklaverei??? Dann sind wir alle frei???“ Ein ungläubiges Raunen zog sich durch die Reihen der Sklaven. „Frei sein... Wir???“

Doch es geschah genau so, wie die weise Frau es voraus gesagt hatte: Der grausame Herr wurde in dieser Nacht aus dem Dorf vertrieben. Als am nächsten Morgen die Sonne aufging, waren sie alle frei.

Sabine Marya

Freiheit!

Was ist das Gegenteil, von Prostitution?
Vielleicht: Lebendig sein und frei.
Und begreifen: Dies ist mein Körper!
Und keine Währung.
Niemand darf ihn mehr benutzen,
bis zu meiner Begegnung mit dem Tod.

Misstrauisch und dunkel noch, der Himmel.
Im Finstern schluchzt bebend ein Bach.
Doch ich – lasse mich fallen, in den neuen Tag.
Monster und blutrote Nächte – Vergangenheit!
Henker und Folterungeheuer – vorbei!
Keiner darf diesen Körper mehr verletzen.

Es ist heute. Und wir – sind frei!
Um endlich nein zu sagen - und auch ja.
Ein neuer Morgen bricht heran: Lebendig sein!
Und wir betreten fremde Körperwelten,
um wahrhaft Gutes zu erfahren.
In Würde leben, das ist jetzt unsere Wahl.

Trotz allem, was war und ist,
Wir haben überlebt. Danke!

Kapitel 7
NICHT MEHR NUR ÜBERLEBEN

Verhaftet in Altem, überrollt von Flashbacks und ohne Orientierung von innen und außen ist es besonders für uns Jugendliche schwer, einen Halt zu finden und sich auszusöhnen mit unserem Sein und dem, was war und ist und ein positives Gegengewicht zu finden zu dem Dunklen, was war und ist.

Nehmen wir die alten Verhaltensmuster wahr als das, was sie sind: Überlebenshilfen, die NOCH notwendig sind, um zu überleben. Schauen wir trotzdem hin, welche unserer Verhaltensweisen uns so schädigen, dass wir damit das fortführen, was böse Menschen begonnen haben: das Zerstören unserer Seele und unseres Körpers. Wir dürfen nicht zulassen, dass die Täter am Ende doch noch gewinnen, sondern müssen absteigen von diesem Karussell und diesen Teufelskreis mit Hilfe von außen und gesünderen Innenpersonen durchbrechen. Beschränken wir uns nicht mehr darauf, nur zu überleben, sondern gehen wir erste Schritte in ein besseres Leben. Zünden wir uns Lichter an in der Dunkelheit und schaffen ein Gegengewicht zu dem Schlimmen, was war.

Es ist lebenswichtig, den Großen zu sagen, dass auch wir Zeit brauchen, für uns selber, um aus dem Überleben raus zu kommen. Wir brauchen Jugendlichenzeit und Zeit in der Therapie, um zu lernen und zu entdecken, wie es für uns möglich sein kann, nicht mehr nur zu überleben.

Für was lohnt es sich, nicht mehr nur zu überleben, sondern auch leben zu wollen? Für wen lohnt es sich, nicht mehr nur zu überleben, sondern leben zu wollen? Was ist für uns wichtig, um nicht mehr nur zu überleben?

Tessa, Mondtränen

Lichtreiter...

Bitte lass mich auf dir reiten.
Nimm mich mit in eine andere Welt.
Weg von hier, von diesem Ort.
Dort hin, wo es nur Licht gibt.

In ein Land voller Helligkeit und Wärme.
Heraus aus der Dunkelheit und Kälte.
Hin zu einem Leben ohne fremde Hilfe.
Abgetrennt von Fremdbestimmtheit.

Bitte, lass mich auf dir reiten.
Nimm mich mit in DIE Welt!

Aufwärts, *eine Geschichte von Sabine Marya*

Schon so lange irrte David barfuss in dem endlos erscheinenden Höllental herum, dass er kaum noch bei Kräften war. Immer öfter spielte er mit dem Gedanken, einfach aufzugeben. Alles schien so sinnlos und die Tage waren ein einziger Überlebenskampf!
Schließlich ließ der Junge sich erschöpft auf einen der rauen Felsen fallen. Mühsam wrang er seinen Trinkbeutel aus. Noch ein letzter Tropfen für seine ausgetrockneten Lippen, dann war auch das vorbei. Resigniert warf David den Beutel hinter sich und versank in einen ohnmächtigen Schlaf, bis ihn plötzlich jemand unsanft wachrüttelte.
Ein grüner Zwerg stand vor ihm. Kopfschüttelnd schwenkte er Davids Beutel hin und her. „Tststs, so blöd kann man doch nicht sein, den Wasserbeutel wegzuwerfen! Wie willst du ohne Wasser weiterkommen?“
„Hier gibt es kein Wasser, ich bin verloren!“
„Du willst doch jetzt nicht einfach aufgeben, oder? Komm, hier unter diesem Felsen gibt es Treppen, die führen zu einem unterirdischen Gang, der zu einem Hügel führt. Im Gang gibt es feuchte Steine, an denen du lecken kannst und auf dem Hügel wirst du einen kleinen grünen Garten finden, mit einer Quelle, wo du deinen Beutel füllen kannst und Wesen, die deine Wunden versorgen und dir helfen, wieder zu Kräften zu kommen.“ Der Zwerg sprach ein paar seltsame Sätze in einer fremden Sprache und dann schob sich der Felsen beiseite und gab tatsächlich einen engen Gang frei. „Siehst du, es ist, wie ich gesagt habe! Nun fasse Mut und steige hinab. Ich werde hinter dir den Eingang wieder verschließen.“
Zögernd betrachtete David die dunklen Treppen. Doch welche Wahl hatte er denn? Würde er hier bleiben, müsste er sterben. Und vielleicht wollte der grü-

ne Zwerg ihm tatsächlich helfen? Immer wieder auf dem Weg durch den Gang zweifelte David an dem, was der Zwerg gesagt hatte, denn der Gang schien wie vorher das Höllental endlos zu sein, nur dass er hier nicht verdurstete und nicht diesen Qualen wie im Höllental ausgesetzt war. Doch alles war beängstigend und fremd!
Manchmal überlegte David sogar, umzukehren und zurück ins Höllental zu gehen. Doch dann passierte das Wunder: Der Gang hatte tatsächlich ein Ende. Wieder gab es viele Treppen und dann stand David auf einem Hügel, wie er ihn noch nie gesehen hatte. Es gab hier einen Garten, leise plätscherte ein Bach und sanfte Lichtwesen versorgten seine Wunden, bis David gestärkt war.
Eines Tages wachte David auf mit dem Wissen, dass er den Hügel wieder verlassen musste. Im selben Moment trat eines der Lichtwesen zu ihm und reichte ihm Wanderschuhe, einen Rucksack mit Proviant, die prall gefüllte Wasserflasche und einen Wanderstock mit kleinen Glöckchen. „Vor dir liegen noch so manche Höllentäler, doch keines wird mehr so endlos sein wie das, aus dem du gekommen bist. Und immer, wenn du ein Höllental durchwandert hast, wird wieder ein Hügel kommen und je weiter du gehst, desto größer werden die Hügel werden und desto kleiner die Höllentäler. Und wenn du irgendwann merkst, dass du Hilfe brauchst, dann schüttele den Wanderstab, dass die Glöckchen klingeln und es wird jemand zu dir kommen. Du bist nicht mehr alleine, David, und je weiter du gehst, desto öfter wirst du auch auf andere Jugendliche stoßen, die wie du auf dem Weg sind in das Land des Lichtes...“
Zaghaft machte David sich wieder auf den Weg. Nachdem er bereits einige Täler durchquert und auf so manchem Hügel wieder zu Kräften gekommen war, wäre er eines Tages in einem der Täler fast über

einen Jungen gestolpert, der erschöpft und halb verdurstet auf dem Boden lag. David gab dem Jungen zu trinken und schüttelte den Wanderstab, dass die Glöckchen klingelten. Im nächsten Moment war ein Lichtwesen bei ihnen, das David half, die Wunden des Jungen zu versorgen und ihn zum nächsten Hügel zu bringen.
Schon bald kam der Junge wieder zu Kräften und es war ihm möglich, mit David gemeinsam die Reise fortzusetzen, zum Land des Lichtes.

Bild von Didi Lindewald

Nach Artikel 1 GG ist die Würde des Menschen unantastbar. Sie ist zu achten und zu schützen.

Jugendlicher, Mondtränen

Nich genug

Ich will mehr
Nich überleben...
Das is mir nich genug

Ich will mehr
Nämlich leben...
Das is mir genug

Ich will mehr
Freiheiten...
Das ist doch nich zuviel

„Es ist schlimm, viele zu sein + es rettete einem das Leben, in der Situation viele geworden zu sein, das muss man erst einmal verstehen, dass beides da ist, für sich selber - und daraus heraus Dankbarkeit entwickeln für das Viele sein, weil es das eigene Leben gerettet hat. Die Annahme der Diagnose bedeutet deshalb auch die Annahme der Geschichte und zu begreifen, dass DIS ein kreativer Weg der Seele war zu überleben. Und zu erleben: wir alle zusammen sind ein Mosaik, ein zusammengesetztes Puzzle und es ist Heute - dahinter steckt die Chance auf Gutes im Heute, trotz allem, was war und ist.“ (Leah)

**Was ist für uns wichtig, um nicht mehr nur z
überleben?**

WIR SIND UNSCHULDIG!

Zu begreifen, dass wir unschuldig sind, das ist für unseren Heilungsweg lebenswichtig! Was uns und dem Körper Schlimmes widerfahren ist, das ist die Schuld der Täter. Alles, was an Scham, Schuld und Schmutz an uns haftet, das ist nicht unsere Scham, nicht unsere Schuld, nicht unser Schmutz, sondern wurde uns von ihnen aufgedrückt.
Von niemandem lassen wir uns mehr erzählen, dass wir den Tätern vergeben müssen, dass nur so Heilung möglich ist. Wir sind unschuldig. Und wir müssen niemandem vergeben außer uns selber, für das, was wir uns selber und dem Körper angetan haben.

WIR SIND UNSCHULDIG!
Wir müssen niemandem vergeben
außer uns selbst!

Stellt Euch eine Heilungsquelle vor.
Diese Quelle befindet sich an einem sicheren Ort und sie ist durchflutet von einem hellen, heilenden Licht. Ihr Wasser wirkt heilend und reinigend.
Wann immer Ihr in Euch Scham, Schuld und Schmutz fühlt für das, was Euch angetan wurde, dann könnt Ihr diese Heilungsquelle aufsuchen und Euch dort reinigen. Licht und Reinheit verbreiten sich in Euch und schwemmen alles fort, was nicht das Eure ist.
Reinheit und Unschuld und Klarheit berühren Euch und kehren in Euch zurück.

Auf der nächsten Seite habt Ihr Platz, um Eure eigene Heilungsquelle zu malen.

⌘ **unsere Heilungsquelle:**

Wir sind stark!

Diese Geschichte hat uns geprägt! Sie hat in uns nicht nur Schwächen und Grenzen gemacht, sondern auch Stärken und Talente, die uns halfen, bis hierher zu kommen und bis heute überlebt zu haben. Es ist wichtig, dass uns diese Stärken und Talente bewusst werden!

Welche Stärken & Talente haben wir?

In jedem von uns steckt etwas sehr Starkes. Nur ist uns das oft gar nicht bewusst. Das kann auch die Stärke sein, gut zuzuhören, zu musizieren, zu zeichnen. Alles Künstlerische zeugt von großer Stärke. Vielleicht scheint uns das nicht so und wir sehen es erst, wenn andere uns darauf aufmerksam machen.
Stark sein bezeichnet so vieles. Wir müssen es nur in uns entdecken. Schauen wir hin, werden wir Entdecker!

Didi Lindewald

Bin nicht mehr klein!
Bin nicht mehr Opfer!
Es ist HEUTE!

Es ist heute und ich spüre
meine Stärke, meine Kraft,
meinen Mut, meinen Willen!

Ich LEBE!
Jeden Tag ein bisschen mehr.

Kapitel 8
LEBEN

Wenn die bisherige Lebenszeit aus Hölle und Überleben bestanden hat, ist es besonders schwer für uns, sich vorzustellen, dass es auch etwas anderes geben könnte. Etwas, das sich LEBEN nennt. Gutes und gesundes Leben.
Wie soll das gehen, Leben leben, mit einer Geschichte wie dieser?, fragen sich manche von uns. Und noch dazu gut und gesund?
Um das heraus zufinden, benötigen wir Hilfe und Unterstützung, innen und außen, von gesünderen Innenpersonen, die auf ihrem Heilungsweg schon weiter voran geschritten sind und von Außenpersonen, die uns aufzeigen, wie Jugend sein kann, wenn sie nicht aus Hölle und Überleben besteht. Personen, die uns Impulse geben können und die uns Zeit und Raum geben, damit wir heraus finden können, wie für uns gutes und gesundes Leben aussehen könnte, wie es auch für uns möglich wäre, Nischen zu finden, im Heute, um zu leben.

Like a butterfly... First a caterpillar.
Then, only darkness, around me.
Suddenly, first time, become touched by the sun.
Leaving the house. Things changed! See, I can fly.
Now, spring is in the sky!

Was bedeutet es für uns, gut und gesund zu leben?

Geburt! - eine Geschichte von Sabine Marya

Zu der Zeit, als es noch Einhörner auf dieser Erde gab, wohnte in einer Höhle ein Zwillingspaar: Rogiro und Rogira. Immer hatten die beiden Angst, sie wussten nicht einmal, warum und wovor. Angst bestimmte ihr Überleben.

Nachts klammerten sie sich in Panik vor der Dunkelheit aneinander und zuckten bei jedem Rascheln zusammen und tags hatten sie Angst vor der Helligkeit der Sonne und den grellen Farben. Oft gingen sie trotz ihres Hungers nicht nach draußen, weil es ihnen zu unheimlich war.

Doch eines Tages trieb sie der Hunger wieder hinaus in den Wald. Plötzlich hörten sie ein leises Seufzen und Wimmern. Sie hatten Angst hinzuschauen und sie hatten Angst wegzulaufen. Erstarrt standen sie da, bis ein kleines Eichhörnchen sie am Hosenbein zupfte. „Schnell!“, wisperte es. „Da vorne liegt ein Einhorn, es ist verletzt, Ihr müsst ihm helfen!“

Abwehrend schüttelten die beiden den Kopf. „Das können wir nicht!“

„Papperlapapp! Na klar könnt Ihr das, Ihr wisst es nur nicht! Schnell, kommt, das Einhorn darf nicht sterben, denn sonst stirbt auch unser Wald!“

Zögernd folgten die beiden dem kleinen Tier zu einem Strauch, hinter dem verborgen das verletzte Wesen lag. Wie schön es war! Doch die Wunde hatte es schon sehr geschwächt. „Ihr dürft keine Zeit verlieren! Schnell, macht Euch auf den Weg, hier durch den Stamm hindurch, in das Land der Zwerge, sie sollen Euch das goldene Haar des Riesen geben. Wenn Ihr erst einmal im Zwergenland seid, spielt Zeit keine Rolle, da ist sie nur ein Hauch.“

Panisch schüttelten die beiden den Kopf, doch das Eichhörnchen ließ nicht locker: „Wollt Ihr lieber sterben? Wenn der Wald stirbt, dann sterben wir al-

le auch! Los, nehmt Euren Mut zusammen!“ Es war eher das Mitgefühl mit dem armen Einhorn als die Aussicht auf einen baldigen Tod, der Rogira und Rogiro schließlich in das Innere des Baumes trieb.
Zitternd trugen sie vor dem Zwergenrat ihre Bitte vor, aber der Rat schüttelte nur mit dem Kopf. „Nein, wir können das goldene Haar nur denjenigen geben, die leben und den Wald retten wollen! Entscheidet Euch für das Leben und dann kommt wieder!“ Gnadenlos öffneten sie eine Falltür, die das Zwillingspaar ins Land der Drachen katapultierte. Hier gab es böse und gute Drachen. Unzählige Prüfungen und Abenteuer mussten die beiden überstehen, bis sie eines Tages an einen brodelnden Vulkan gelangten. Dort hockte ein besonders hässlicher Drache und sagte: „Wenn Ihr leben wollt, dann müsst Ihr hier durch den Feuerschlund springen. Es wird entsetzlich weh tun und ich weiß nicht, was Euch da unten erwartet. Ich bin bei Euch und mein Drachenmut wird in Euch übergehen. Und ihr seid zu zweit! Wenn Ihr diesen Sprung jedoch nicht wagt, dann wird Euch der Vulkanausbruch töten und der Wald muss sterben.“
Woher sollten sie wissen, ob sie diesem hässlichen Wesen vertrauen konnten? Immer heftiger bebte der Vulkan und der Drache, der ihnen Mut machte, hatte immer mehr Mühe, dagegen an zu schreien. Nun warf der Vulkan bereits erste Lavastückchen auf sie. Wie weh das tat! Schließlich fassten die beiden sich ein Herz und rannten Hand in Hand los. Mit einem lauten Schrei sprangen sie in den Feuerschlund. Ja, es tat weh! Die beiden schrieen und weinten und hielten sich. Bis ein helles Licht sie blendete. Verwundert sahen sie sich um. Sie waren genau bei dem Strauch herausgekommen, neben dem verletzten Einhorn und in ihrer Hand hielten sie das goldene Haar des Riesen. Das Leben begann!

Wir gehören zusammen!
Wie ein Mosaik. Oder wie ein Mandala.

„Und fegen auf die Scherben,
machen daraus ein buntes lebendiges Mosaik!
In der Vergangenheit haben wir den Schmerz gelebt.
Jetzt liegen vor uns das Licht und die Liebe.
Und das Leben!
Und für dieses Ziel lohnt es sich, weiter zu gehen.
Tag für Tag!"

(Text von Leah Nadine)

Wie stellen wir uns für uns ein gutes Leben vor?

Kapitel 9
MÄDCHEN

Immer wieder mussten wir Mädchen erfahren, was es bedeutet, schutzlos zu sein und das „mindere Geschlecht". Es ist schwer, sich ein gutes Selbstbild aufzubauen, als Mädchen, mit dieser Geschichte und in einer Gesellschaft, wo es noch bis heute nicht eine wirkliche Gleichstellung und Gleichberechtigung der Geschlechter in der Gesellschaft gibt.

Wer kann heute unser Vorbild sein?
An welchen starken Mädchen und Frauen können wir uns orientieren?

⌘ **Starke Frauen & Mädchen:**

Mädchen sein, Suse

Es gibt immer wieder Momente, da find ich es schwer, Mädchen zu sein, dann denk ich, dass nur Jungs stark sind. Aber ich schau dann immer „Whale - Rider" an, der Film tut mir so gut. Ich kann mich gut wiederfinden in dem Mädchen, anfangs ist alles so traurig, weil der Großvater einen Enkelsohn wollte und kein Mädchen. Trotzdem ist sie stark und wird zum Schluss anerkannt für ihre Stärke und niemand sagt mehr: Du bist nur ein Mädchen.

Die Lederhose: *Tessa, Mondtränen*

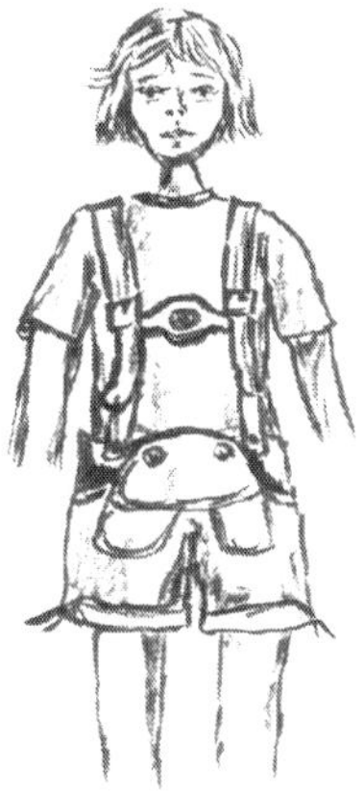

Schutzsuchend lief ich umher,
Tag ein Tag aus, es war sehr schwer
Kleidchen trug ich, hübsch und nett,
wirkte immer sehr adrett
zu niedlich und hübsch kam ich mir vor
geöffnet waren Tür und Tor
der Angriffe war ich so mehr offen
es hat mich immer schwer getroffen
bis ich eine Lederhose bekam
darin versteckt ist meine Scham
sie gibt mir etwas Schutz
den Handgreifern zum Verdruss
Am liebsten hätt' ich Tag und Nacht
in dieser dicken Hose verbracht

Mädchen sein, *eine Jugendliche, Mondtränen*

Ich hasse es, Mädchen zu sein. Alles was damit zu tun hat. Puppen hasse ich besonders und Mädchen-Spielsachen. Wenn Frauen und Mädchen singen, könnte ich davon rennen. Mädchenkleider sind so albern, so süß und niedlich. Ich will das Derbe, das nicht Niedliche und Süße. All das ist Früher. Ich war

niedlich anzusehen, hatte hübsche Kleider an. Und das mochten Die. So will ich nie mehr aussehen.
Wir schämen uns, wenn wir so aussehen. Wenn die Erwachsene den Körper anzieht, dann sehen wir genau hin. Wenn es in unseren Augen zu mädchenhaft ist, werden wir aggressiv und wütend. Dann gibt die Erwachsene nach und sucht das Derbe. Sie tut uns dann leid, weil sie schon mal auch etwas weiblicher aussehen möchte. Und es ist dann so schwer, es auszuhalten.
Wie ist es für mich aber zu machen, dass ich mich auch innen als Mädchen fühlen kann? Dann geht es vielleicht auch außen. Vielleicht können wir mit der Erwachsenen zusammen lernen, mal was auszuprobieren. Ganz langsam. Um das Gefühl zu bekommen, wie es sein kann, jetzt Mädchen-Klamotten zu tragen. Es ist ja nicht mehr früher.

Mondtränen

***Mädchensocken**, eine Jugendliche*
wir haben so prinzessinnensocken, die sind pink, und da ist eine prinzessin drauf an die seite. wenn man die socken umkrempelt, setzt man die prinzessin eine krone auf und manchmal ist das oberwichtig die anzuziehen. früher hätten die großen das nie erlaubt so socken anziehen.

Wie sind jugendliche Mädchen denn überhaupt?
Die meisten von uns wissen gar nicht, wie sich „normale" Jugendliche verhalten, was sie mögen und was ihnen Spaß bringt. Um das heraus zu fingen, können wir uns umschauen, wie Mädchen draußen leben. Wir können ihnen zuschauen, auf der Straße, in Jugendfilmen und Jugendsendungen und durch Jugendbücher, um durch ihr Vorleben heraus zu finden, was davon für uns stimmig sein könnte. Und es dann „einfach" und MUTIG ausprobieren, wie die Teenies draußen auch.

Mondtränen

Was bedeutet es für uns, Mädchen zu sein?

Die meisten von uns sind aufgewachsen mit schädigenden Glaubenssätzen, wie Mädchen zu sein haben: lieb sollen sie sein, artig, adrett, hübsch anzuschauen, willenlos und gefügig, angepasst, gehorsam, dienend, still, hilflos und wehrlos, unfrei, ohne eigenes Denken, ohne eigene Meinung.
Doch das alles ist FALSCH!!! Sie wollten, dass wir so sind, nach ihren Vorstellungen, damit sie mit uns ein leichtes Spiel haben. Doch nun brechen wir ihre Macht! Jetzt erobern wir uns unser Sein zurück und beginnen zu leben!
Heute können wir den alten Glaubenssätzen etwas entgegensetzen: gute und heilende Glaubenssätze, die uns stärken und uns befreien aus der alten Gefangenschaft.
Wir haben ein Recht auf die Befreiung aus dem Kerker! Wir haben ein Recht auf ein freies und selbstbestimmtes Leben! Wir haben ein Recht darauf, unseren Weg zu gehen und für ihn einzutreten! Wir haben ein Recht darauf, uns zu wehren und unser eigenes Leben zu leben!

Lasst uns leben!
Frei und wild!
Lasst uns leben!
Unser eigenes
LEBEN!

Bild von Elija Sommer

Wir sind richtig und es ist voll okay,
ein Mädchen zu sein!

Buchtipp für Mädchen: „Jetzt geht's los, 12 Tipps für pubertierende Mädchen" von Miriam Pauls (11Jahre alt), 1,45€, artep- Verlag, ISBN 978-3-936544-81-7

Kapitel 10
JUNGE

Immer wieder mussten wir Jungen erfahren, was es bedeutet, männlich sein zu müssen und das „starke Geschlecht". Es ist schwer, sich ein gutes Selbstbild aufzubauen, als Junge, mit dieser Geschichte und in einer Gesellschaft, wo es noch bis heute nicht eine wirkliche Gleichstellung und Gleichberechtigung der Geschlechter in der Gesellschaft gibt.

Wer kann heute unser Vorbild sein?
An welchen Jungen und Männern
können wir uns orientieren?

⌘ **Männer & Jungs als Vorbild:**

Icke: „Junge sein in einem Frauenkörper"

Ich find's voll schwer in ein frauenkörper zu sein und das macht voll die angst wegen die integration was die ärztin sagt. Ich fühl mich ja schon so kaum. Sie sagt dass nix verloren geht und alles so bleibt. Aber wie soll ich das wissen weg ist doch weg oder? Sie sagt dass es sich nur mischt wie in ein tuschkasten. Ich hab so eine angst dass ich mich auflös wie sternenstaub im all. Völlig losgelöst... sie sagt so wird das nicht sein. Aber: woher will sie das wissen. Sie sagt: vertraut mir!
Keine ahnung! Noch bin ich nicht so weit das merk ich und sie sagt dass es auch erst geht wenn wir alle es wollen dass es nie gegen den willen von wem sein darf.
Früher habe ich es nur gehasst in ein frauenkörper. Habe immer gesagt: warum bin ich kein normaler junge? Hab getobt und geschrieen deswegen auch bei die ärztin aber die war gut drauf hat mich erst toben lassen und dann sagte sie irgendwann dass ich das nicht ändern kann und dass es immer schlimmer wird je mehr ich rumschreie weil das nimmt meine ganze energie und ich hab null energie für so dinge wie mal so was schönes machen + gutes erleben und neues ausprobieren weil ich immer nur tobe gegen das was sich nicht ändern lässt.
Sie hat mir dann so bücher gezeigt wo gesagt wird dass man alles akzeptieren muss was sich nicht ändern lässt und dass energie gebunden wird wenn wir nicht das akzeptieren was da ist. Irgendwann hab ich's dann kapiert, dass es einen sinn hat dass ich ein junge sein musste weil die seele wohl dachte dass jungs das besser aushalten und dass ich stark genug sein werde für das schlimme.
Ich find das nicht toll mit den frauenkörper. Echt nicht! Aber ich hab kapiert den werd ich nie mehr los.

Musste mir eine menge abschminken was so normale draußenjungs erleben das geht nicht und geht nie. Aber so lange ich den körper da draußen hasse so lange wird das alles schlimmer + wenn ich den körper kaputt mache dann mache ich auch mich kaputt. Ohne körper gibt es auch mich nicht. Das tat scheiß weh echt! Und ich musste mich entscheiden ob ich den körper weiter mit zerstör oder ob ich da mit helfe dass der nicht noch kaputter wird und das auch den anderen sage die noch anders drauf sind und nur kaputt machen wollen. Es tut immer noch scheiß weh. Aber es hat sich verändert und ich wüte nicht mehr gegen den körper der kann ja nix dafür. Jetzt mach ich so sachen wie helfen beim bau bei freunden von die frau. Das war die idee von die ärztin das kann ich und die freuen sich alle und ich auch dass meine wut endlich mal rauskann wurde aber echt auch zeit.

SPIEGELBILD

een kiek in den spiegel.
scheiße das soll icke sein?
diese dicke olle die da zu sehen ist?
nee! das kann nicht sein!

nee! icke bin doch der mit die sommersprossen.
nee! icke bin doch der mit den schiefen zähnen.
nee! icke bin doch der mit dem langen gestell.
dürr wie eine Bohnenstange und zäh wie leder.

aber die dicke olle das ist mein haus
ob icke will oder nicht.
da wohne icke drin für immer und ewig.
egal was icke tu.
ICKE - bin der junge - in diesem haus!

Was bedeutet es für uns, Junge zu sein?

Jungs wachsen auf mit festen Rollenbildern: Jungs weinen nicht! Jungs müssen stark sein! Ein Mann zeigt keine Gefühle! Bist du ein Weichei oder ein Mann? Ein Indianer kennt keinen Schmerz! Dies alles schlägt sich auf unser eigenes Denken und Handeln nieder und dieses Rollenbild hat sicher auch dazu beigetragen, dass wir dieses Geschlecht haben, besonders, wenn wir in einem Frauenkörper leben. Es ist so schwer, die alten Rollenbilder von dem knallharten Kerl zu verlassen und zu lernen, wie Männer eben auch sein können: sanft und gefühlvoll und liebevoll und zärtlich und fürsorglich und achtsam mit sich selbst und anderen.
Was bedeutet es für uns, ein Mann zu sein? Was macht einen Mann aus? Wann ist man ein „richtiger“ Mann?

⌘ Habt Ihr Lust, eine Collage zu gestalten zum Thema „Mann“?

Wir müssen
nicht NUR stark sein!
Befreien wir uns
aus den Fesseln
der alten Rollenbilder!
Wir dürfen AUCH
schwach sein
und zu uns stehen,
so wie wir sind.

Bild von Elija Sommer

Wir sind richtig, so wie wir sind!

Homepage- Tipp: www. eisbrecher. info
Musik- Tipp: Titel- Lied „Eisbrecher“, von Eisbrecher

Kapitel 11
KÖRPERLICHKEIT

Vielen von uns wurde immer wieder gesagt, dass wir und der Körper die Schuld tragen an dem, was uns Schlimmes angetan wurde. Doch das war eine böse Lüge der Täter, die nicht für ihre Taten die Verantwortung übernehmen wollten. Wir und der Körper sind UNSCHULDIG!
Der Außenkörper ist unser Zuhause. Um noch Gutes erleben zu können, ist es notwendig, dass wir alle gemeinsam gut für ihn sorgen, denn ohne diesen Körper können auch wir nicht existieren.
Schon durch die Geschichte ist es schwer für uns, einen positiven Kontakt zum Körper zu finden. Zusätzlich ist es erschwerend, dass wir in einem erwachsenen Außenkörper stecken und uns im Spiegel gar nicht finden können.
Es macht immer wieder Angst, besonders zu Anfang, sich mit Körperlichkeit auseinander zu setzen, aber das ist normal. Alles Neue macht uns erst einmal Angst, besonders aber dieses Thema und alles, was damit zusammenhängt.

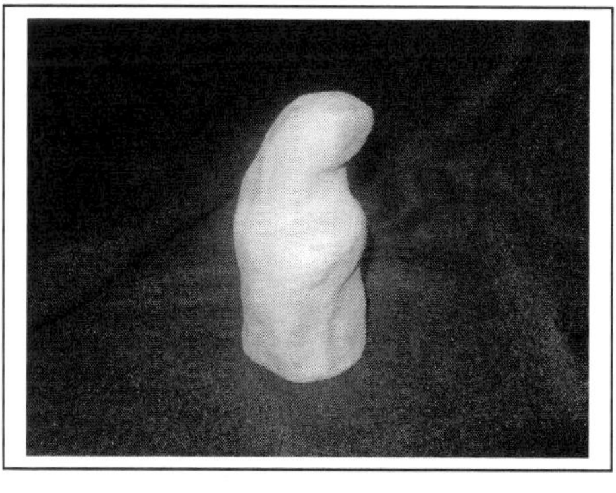

Skulptur von Pauline C. Frei, 1990

Tessa, Mondtränen

Spiegelbild?

Schau in den Spiegel
und sieh an, was du siehst.
Es is nich das, was du erwartest.
Du siehst darin einen andern Menschen.
Einen, der dir fremd ist.
Einen, der dir aus traurigen Augen entgegen blickt.
Du fragst, wer spinn' denn hier nun,
der Spiegel oder ich?
Er antwortet stumm,
sagt, keiner spinnt von uns.
Schaudernd wendest du dich ab.
Das, DAS kann nich wahr sein.

Wie sehen und empfinden wir den Außenkörper?

Damals haben sie uns unser Leben und unseren Körper gestohlen. Sie haben unsere Seele zersplittert und aus einem Ich ein Chaos an Puzzleteilen gemacht.
Doch es ist heute! Heute können wir die Puzzleteile Stück für Stück wiederfinden und zu einem Ganzen wieder zusammen setzen. Heute können wir uns unser Leben und unseren Körper zurückholen.
Es ist unser Leben und unser Körper! Niemand hatte das Recht, uns das alles weg zu nehmen. Stück für Stück haben wir heute die Möglichkeit, uns unser selbstbestimmtes Leben und unseren eigenen Körper zurück zu holen!
Dafür ist es nötig, dass wir in Kontakt treten mit dem Außenkörper und ausprobieren, was er uns heute für GUTE Möglichkeiten geben kann, ihn wahr zu nehmen. Manche von uns sind noch nie Trampolin gesprungen oder haben noch nie geschaukelt. Vielleicht wäre das was? Oder Inliner fahren, tanzen, schwimmen, Sport machen...
Um herauszufinden, was uns Spaß machen könnte, müssen wir Neues ausprobieren.
Vielleicht ist unser Körper eine verwahrloste Ruine? Schauen wir doch mal hin, so weh es auch tut zu begreifen, wie schlimm wir in der Vergangenheit mit dem Körper umgegangen sind. Wenn ein altes Haus Risse hat und Feuchtigkeit im Mauerwerk, dann beauftragen die Besitzer eine Firma, die die Schäden so gut wie nur möglich repariert, manches können die Besitzer vielleicht auch in Eigenleistung erbringen. Dies lässt sich auch auf den Körper übertragen. Wenn der Körper in einem schlechten Zustand ist, dann ist es notwendig, ihn so gut wie nur möglich zu sanieren. Manches können wir in Eigenleistung erbringen: die Haut eincremen, heilende Bäder nehmen, uns selber Fußmassagen geben. Für anderes brauchen wir Hilfe von außen.

Wie können wir gut für den Außenkörper sorgen?

Früher war der Körper ein Ort des Leides. Vielleicht ist er das auch heute noch, durch die Folgen der überlebten Gewalt. Wir können chronische Erkrankungen und die Narben der Gewalt nicht „wegmachen“. Doch so, wie wir dem seelischen Leid etwas Gutes entgegen setzen können, so ist es auch möglich, dem körperlichen Leiden etwas Gutes entgegen zu setzen, indem wir diesen Körper heute nicht nur annehmen als unser Zuhause, sondern auch, indem wir uns liebevoll um diesen Körper kümmern und ihn verwöhnen. Wir können hinspüren, wie wundervoll dieser Körper trotz überlebter Gewalt noch heute arbeitet und dafür dankbar sein. Dankbar sein für unsere Beweglichkeit, für unsere Sinne, für unsere Fähigkeiten zu atmen und zu verdauen und den Körper mit Sauerstoff zu versorgen. Das ist alles so wunderbar! Und das wollen wir erkennen und anerkennen. Trotz allem, was ist, dieser Körper gehört zu uns und wir zu ihm. Machen wir uns ihn wieder zu eigen!

Mit Drachenmut setzen wir Schritt für Schritt in ein besseres Leben! Im Innen und im Außen.

Didi Lindewald

Ginni und ihre Geheimnisse

(die Geschichte einer Überlebenden, von Didi Lindewald)

(VORSICHTIG beim Lesen, Triggergefahr!)

Am Waldesrand lag ein kleines Dorf, das sich an einem Berg entlang schmiegte. Es wirkte ruhig und verschlafen und strahlte eine friedvolle wärmende Idylle aus. In diesem Dorf lebte ein 5 Jahre altes Mädchen mit dem Namen Ginni.

In den Kindergarten ging sie nicht, sie hatte Angst vor den vielen fremden Kindern. Die Angst saß tief in ihrer Brust. Meistens spielte sie mit dem Nachbarn in ihrem Haus, einem älteren Jungen namens Mungo, zu dem sie Vertrauen hatte. Mungo hatte Zeit und kümmerte sich um sie, was sie sehr genoss, denn ihre Eltern waren arm und mussten beide sehr viel arbeiten. Schon sehr früh gingen sie mit ihrer Margarine - Stulle aus dem Haus und kamen erst spät abends wieder. Das Mädchen war also sehr viel alleine.

Ginni hatte viele Ängste und die friedvolle wärmende Dorfidylle wurde für sie ein scheinheiliger Abklatsch einer bösen Macht. Für sie gab es hier keine Idylle, keine Wärme und keinen Frieden. Das hatte einen Grund: Es gab ein besonderes großes Geheimnis und viele kleinere Geheimnisse, die damit verbunden waren. Geheimnisse, die sie niemanden sagen durfte, auch ihren Eltern nicht. Mungo passte auf Ginni auf. Bei jeder Gelegenheit, die sich ihm bot, tat er mit ihr Dinge, die ihr sehr wehtaten. Er sagte zu Ginni, dass er sie besonders lieb habe und er diese Liebe ihr auf diese Art zeigen müsse. Aber diese Liebe tat Ginni sehr weh... „Warum tut Mungo das?“, weinte sie abends in ihr Kissen. „Er sagt doch zu mir, dass er mich liebt.“ Das Mädchen verstand nicht, was Mungo mit ihr tat. Alles drehte sich in ihrem Kopf. Etwas in ihr war zerrissen, kaputt gegangen. Seitdem ging es Ginni schlecht.

Essen konnte sie nichts mehr. Sie schlief kaum noch und schreckliche Alpträume rissen sie aus ihrem Schlaf. Und die durfte sie auf keinen Fall verraten, sonst würde Mungo böse werden, so sagte er zu ihr.
Nur Mungo teilte diese Geheimnisse mit Ginni. Er sagte zu ihr: „Nur du und ich dürfen davon wissen, sonst keiner!“ Sie nannte Mungo ab jetzt nur noch den schrecklichen Mungo. Es waren keine schönen Geheimnisse, wie sie andere Kinder haben und die sie kichernd vor anderen verbargen. Ginnis Geheimnisse waren schmerzhaft und dunkel und machten ihr riesige Angst. Wie gerne hätte sie diese mit jemandem geteilt, am liebsten mit ihrer Mutter. Aber die Mutter war viel zu sehr beschäftigt, um sich um Ginni zu kümmern und sie anzuhören. Sie traute sich auch nicht, ihren Eltern etwas zu sagen, denn es waren Geheimnisse von ihr und dem schrecklichen Mungo. So trug das Mädchen diese Last Tag für Tag mit sich herum und täglich wurde es ihr schwerer.
In ihrer Not begann Ginni sich immer mehr darin zu üben zu entschweben und sich noch mehr Dinge zu Hilfe zu nehmen. Sobald der schreckliche Mungo kam, rief sie sich eine Fee zu Hilfe, die immer kam, wenn Ginni nach ihr in der größten Not rief. Es war eine wunderschöne Fee mit einem kobaltblauen Gewand, was so leicht an ihrem Körper saß, dass man meinen konnte, die Fee schwebte in diesem Gewand. Ihr Gesicht war fein geschnitten, ihr Haar fiel in sanften Wellen um ihren Kopf. Ein Nebel umgab die Fee. Jedes Mal nahm die Fee das Mädchen an die Hand und floh mit ihr an einen anderen Ort, der sich auf einem anderen Planeten befand. Dort war es hell, denn hier gab es nur Sonne, keinen Mond und keine finstere Nacht! Das gefiel Ginni. Auf dem Planeten gab es eine große wunderschöne Wiese mit unzähligen kleinen, bunten Blumen und

rundherum schmiegte sich ein stilles, himmelblaues Meer. Hier konnte es Ginni aushalten.
Die Fee wollte das Mädchen nicht alleine lassen, deshalb legte sie sich rechts neben Ginni und legte einen Zauber über Ginni, der sie die schlimmen Geheimnisse vergessen ließ. Ginni sah die schöne Wiese, die Blumen, das Meer und spürte die Wärme der Sonne und den Zauber der Fee. Leider konnte sie nicht für immer an diesem Zufluchtsort bleiben. Wie traurig und wie voller Angst war Ginni, wenn sie diesen Platz wieder zusammen mit der Fee verlassen musste! Doch sie musste zurück, sie musste in die Schule und zu ihrem Alltag in dem scheinheiligen Dorf. Viele Jahre später, als Ginni schon fast erwachsen geworden war und nicht mehr in dem kleinen Dorf lebte, trug sie noch immer diese Geheimnisse in sich und es waren sogar noch neue hinzugekommen. Wie Geschwüre wuchsen sie und nahmen an Größe immer mehr zu. Sie drückten nicht nur im Bauch, sie füllten ihren Brustkorb aus und drückten schwer auf ihrer Seele, bis sie meinte, daran ersticken zu müssen. So beschloss sie, sich endlich jemanden anzuvertrauen. Das war schwerer, als sie es sich je vorgestellt hatte.
Ginni kam in eine Klinik, wo man sich ihrer kranken Seele annahm. Dort gab es liebe Menschen, die sie ermunterten, ihre Geheimnisse preiszugeben und ihr Geschwür entfernen zu lassen. Doch das Verbot war immer noch in ihr: die Geheimnisse durfte sie nicht lüften, sie hatte es dem schrecklichen Mungo versprechen müssen. Zu groß war die Angst, dass der schreckliche Mungo zurück kam und ihr Böses antat und sie empfand es als Verrat gegenüber dem schrecklichen Mungo. So konnte sie sich nur teilweise auf die Menschen einlassen und ihnen Vertrauen schenken, aber nie völlig, und die ersehnte Erleichterung blieb weiter aus. Erst nach

und nach und sehr langsam und bedacht lüftete Ginni das große Geheimnis Stückchen für Stückchen. Wieder Zuhause, schenkte sie einer Frau Vertrauen, die dafür da war, kranken Menschen zu helfen, ihnen ihr Körpergefühl zurück zu geben. Auch ihr vertraute Ginni Dinge an, aber nie diese Geheimnisse. Es fehlte ihr noch an Mut und Zuversicht.
Mit ihr kann Ginni nun ihren Körper langsam kennen lernen. Die Therapeutin versteht Ginnis Körperverhalten und bringt ihr von Stunde zu Stunde, von Jahr zu Jahr, ihren Körper näher, den Ginni so hasst. Irgendwann wird sie es schaffen und ihre Geheimnisse völlig lüften und alle Last kann von ihr fallen. Das wünscht sich Ginni von Herzen. Bis dahin wird es noch ein langer Weg sein, das ist Ginni bewusst. Aber sie hat jetzt endlich Menschen gefunden, denen sie sich anvertrauen kann, ohne Vorbehalte.
Die Angst, die sie dabei hat, kann sie manchmal mit Hilfe der Fee etwas verlieren. Noch immer kommt die Fee, um ihr zu helfen. Sie nimmt sie mit auf ihren wärmenden und friedvollen Planeten, was der Außen - Ort, an dem sie lebt, noch nicht sein kann.

Sich des eigenen Körpers und seiner Grenzen wieder bewusst zu werden ist ein wichtiger Teil im Therapie- und Heilungsprozess.

Sabine Marya

Sprossen

Finsternis und Licht. Böse und gut.
Minus und plus. Überleben und leben.
Zu jedem Begriff gibt es einen Gegenpol.
Erkennen. Und benennen. Begreifen!

Vergangenheit, unabänderlich.
Annehmen und loslassen.
Gegenwart, hinschauen und be – greifen.
Annehmen. Und Veränderbares verändern.

Durch die Angst zu neuen Wegen.
Schritte, ins Leben gehen.
Hand in Hand dem Licht entgegen,
das die Finsternis erhellt.

Bild von Didi Lindewald

Kapitel 12

SEXUELLE AUFKLÄRUNG FÜR JUGENDLICHE

Sexualität kann eine schöne Erfahrung sein, auf körperlicher, emotionaler und spiritueller Ebene, unter bestimmten Voraussetzungen: Wenn Sexualität bewusstes und verantwortliches Handeln ist, wenn Sex ein Ausdruck von Liebe ist und etwas, das von beiden Beteiligten gewünscht wird oder falls man mit sich selber Liebe macht, wenn es ein Wunsch ist, sich selber etwas Schönes zu schenken.

Die Basis für Sex sind: Achtung. Achtsamkeit, Respekt, Nähe, Vertrauen, Sicherheit, Wärme, Liebe, Spaß und Freude, gegenseitiges Begehren, Lust, Freude, Erregung und die Möglichkeit, zu jeder Zeit STOP sagen zu können. Nur dann eröffnet uns ein gesundes, glückliches Sexualleben den Zugang zu einer ganzen Reihe positiver Gefühle. Alles andere ist die Wiederholung alter überlebter sexueller Gewalt!

Viele von uns wissen kaum etwas über gesunde Sexualität, weil niemand sich die Mühe gemacht hat, uns aufzuklären.

Es gibt im Buchhandel und in den Leihbüchereien einige gute Aufklärungsbücher für Jugendliche, die uns dabei helfen können, Wissen zu erlangen zu diesem Thema. Mit guter Lektüre kann es uns auch ein Stückchen gelingen, falsch Verinnerlichtes korrigieren zu können und zu begreifen:

**Niemand hat das Recht, uns zu berühren oder zu küssen! Dieser Körper gehört nur UNS!
Wir haben das Recht, NEIN zu sagen!**

Unsere Schwerpunkte in diesem Kapitel sind: Grenzen setzen, blöde Bauchgefühle, gesundes Begehren

Grenzen setzen:
Früher wurden unsere Körpergrenzen missachtet. Nun ist es ein mühsamer Prozess für uns zu lernen, Grenzen zu setzen. Dafür müssen wir erst einmal Bewusstsein, Achtsamkeit und Wachsamkeit dafür entwickeln, wann und wie Grenzen von uns verletzt wurden und werden. Grenzen spüren und Grenzen setzen – das zu lernen ist für uns lebenswichtig, in allen Lebensbereichen. Der Weg dahin ist schwer, denn es werden sich immer wieder alte Fallen in den Weg stellen und alte Löcher öffnen sich. Doch um ein besseres Leben leben zu können, ist es lebenswichtig, Grenzen setzen zu lernen. Das beginnt bereits damit zu begreifen, dass wir das Recht haben, Grenzen zu setzen.

Wir wehren uns! Wir haben das Recht dazu!

Blöde Bauchgefühle:
Es gibt gute und blöde Bauchgefühle. Gute Bauchgefühle bekommen wir, wenn etwas Schönes passiert, dann wird es in unserem Bauch ganz hell und schön warm. Bei den blöden Bauchgefühlen ist es ganz anders: da wird es im Bauch ganz dunkel und kalt, es tut weh im Bauch oder macht einfach so ein „ungutes" Gefühl.
Wann immer dieses blöde Bauchgefühl auftaucht, ist es notwendig, sich das mit jemandem gemeinsam anzuschauen und zu sortieren, z.B. in der Therapie. Ein blödes Bauchgefühl ist immer ein Hinweis darauf, dass etwas nicht stimmt und dass es schädigend sein kann, was da gerade geschieht. Auch, wenn das in dem Moment nicht wahrgenommen

werden kann, vielleicht, weil schon so viel Schlimmeres überlebt wurde. Ein blödes Bauchgefühl ist immer ein Warner, der „ACHTUNG!“ schreit. Genau wie das Gefühl, sich schämen zu müssen für das, was geschieht oder geschah oder einem selber angetan wird. Für alles, was gut und richtig ist, braucht sich niemand zu schämen. Wenn andere unsere Grenzen übertreten oder übertraten, dann sind die es, die sich schämen müssen, nicht wir!

Vertrauen wir den blöden Bauchgefühlen!

Gesundes Begehren:
Es ist nicht die Schuld des Kindes oder Jugendlichen oder des Körpers, wenn Täter begehren. Diese Art von Begehren ist falsch! Es ist nicht mit Schuld verknüpft, wenn gleichberechtigte Partner sich begehren.

Gesundes Begehren ist verknüpft mit: Gleichberechtigung der Partner, Spaß, Lust, Freude, Lachen, Unbeschwertheit, Glück, sich zeigen können mit allen Grenzen und Stärken, Leben, sein dürfen, Achtung der Grenzen des Gegenüber. Es muss **immer** mit der Möglichkeit verknüpft sein, STOP sagen zu können, ohne dabei ein Gefühl von Schuld oder Versagen in sich zu spüren oder es vom Gegenüber gemacht zu bekommen. Gesundes Begehren ist zu vergleichen mit einem Spiel, das gute Gefühle macht.
Alles, was sich anders anfühlt, ist kein gesundes Begehren. Es ist so wichtig, dass wir auf unsere Angst hören, auf unser Unbehagen und auf das Bedürfnis, Stop zu sagen! Diese Gefühle sind richtig. Sie waren schon damals richtig, doch sie wurden ignoriert. Setzen wir dem Alten heute etwas entge-

gen: ein positives Gegengewicht und neue gesunde Glaubenssätze.

Wir sind richtig!
Wir sind ganz und gar richtig,
so wie wir sind!

Didi Lindewald

Buchtipps:
„Peter, Ida und Minimum" (Kinder- Aufklärungscomic)
„Wie wir werden - was wir fühlen", (Ruth Bell), Jugend- Aufklärungsbuch
"Kein Anfassen auf Kommando"
„Kein Küsschen auf Kommando"
„Homosexuelle, zwischen Todesstrafe und Emanzipation" (Lutz van Dilk), Jugendsachbuch

Kapitel 13
SEXUALITÄT

Das Thema Sexualität ist für viele von Euch ein sehr schwieriges, mit Negativem Beladenes. Beschäftigt Euch erst mit diesem Thema, wenn Ihr das Gefühl habt, dass es jetzt an der Zeit ist. Lasst Euch von nichts und niemandem dazu drängen, sich vorher damit auseinander zu setzen. Vertraut Eurem eigenen Gefühl, wann Ihr so weit seid und befasst Euch bis dahin nur mit den Regeln für Sexualität im Außen und damit, gut für Euch zu sorgen und Eure Grenzen und Bedürfnisse kennen zu lernen und sie ernst zu nehmen.

Regeln für Sexualität im Außen:
Wenn die Großen draußen mit jemandem Sex haben, dann ist es für Euch lebenswichtig, dass Ihr vorher an einem sicheren Ort seid, wie die Kleinen auch. Es ist die Verantwortung und Pflicht der Großen, Euch vor Erfahrungen zu beschützen, die retraumatisieren, also Eurer Seele erneut Schaden zufügen. So, wie es für Außenkinder und Außen-Jugendliche schädigend ist, so ist es das auch für Euch, beim Sex dabei zu sein oder sogar zu übernehmen, um andere im System zu schützen.
Die Großen müssen Grundbedingungen für sich aufstellen, unter denen für das System Sexualität im Außen möglich ist. Dazu gehört immer, dass sich die Außenbedingungen von denen damals unterscheiden und dass Ihr Jugendlichen und die Kleinen vorher sichere Orte aufgesucht haben.
Die wichtigsten Regeln müssen im Vorfeld mit dem Gegenüber abgesprochen sein: Sexualität darf nur im gegenseitigen Einvernehmen stattfinden mit jemand Vertrautem, bei dem sich alle Innenpersonen sicher genug fühlen und mit der Möglichkeit, zu je-

der Zeit „Stop“ sagen zu können. Dieses „Stop“ muss vom Gegenüber immer sofort ernst genommen werden, wie ein Nein auch. Bei Personenwechsel, besonders wenn Jugendliche oder Kinder auftauchen oder wenn Euch Flashbacks überrollen, muss sofort alles abgebrochen werden. Im Vorfeld müssen klare Regeln aufgestellt sein, was nicht beim Sex gemacht werden darf. Diese Regeln müssen die Sexualpartner und alle Innies wissen! Zusätzlich müssen sichere Außenbedingungen geschaffen werden durch genug Zeit, einen sicheren äußeren Ort, genug Licht.
So lange die Großen nicht in der Lage sind, gut für alle zu sorgen, werdet Ihr damit immer wieder in das alte Trauma zurück geworfen und das darf nicht sein. Ihr habt das Recht, den Großen zu sagen, dass Ihr nicht mehr weiter in dem alten Trauma stecken bleiben wollt und von ihnen zu fordern, dass sie lernen, Euch heute zu beschützen!

EURE GRENZEN SIND WICHTIG UND RICHTIG!

Umgang mit der eigenen Sexualität

Zu einer normalen Entwicklung gehört, dass Außenjugendliche ihren Körper, seine Veränderungen und ihre Sexualität entdecken und erforschen. Alles ist hier in einem natürlichen Einklang, auch, wenn es die Jugendlichen verwirrt und sie auf der Suche sind, sich neu zu orientieren und ihre Identität zu finden im Innen und Außen.

Bei Innenjugendlichen kommt jedoch ein schwieriges Problem dazu: der Außenkörper ist bereits erwachsen und die Bürde der eigenen Geschichte ist eine Last. Wie kann es möglich sein, trotzdem mit der eigenen Sexualität umgehen zu lernen und sie so zu verändern, dass sie sich löst von allem Alten, was während des Überlebens notwendig gewesen ist und vielleicht immer noch ist? Es ist möglich, die alten Programme zu löschen oder umzuprogrammieren! Es ist machbar, sich aus den Regeln und dem Schmerz der Vergangenheit zu befreien und neue Wege zu beschreiten, auch, wenn das erst einmal Angst auslösen mag. Es ist möglich, dem Körper heute Gutes zu tun. Der erste Schritt dahin ist, das Alte nicht mehr zu wollen.

Dann geht es in Mäuseschritten weiter, indem wir herausfinden, wie wir im Einklang sein können, mit uns und unserem Leben und indem wir Neues wagen, Schritt für Schritt.

Wir finden, vielleicht mit therap. Hilfe, heraus: Wie könnte für uns schöne, gesunde Sexualität sein?

***Buchtipps**, auch für Jugendliche etwas hilfreich:*

- *„Trotz allem, Wege zur Selbstheilung für sexuell missbrauchte Frauen“ (Ellen Bass/ Laura Davis)*
- *„Verbündete“ von Laura Davis*
- *„Sexual healing“ (Wendy Maltz)*

Sex?

Sex, habe ich mal gehört,
ist ein natürlicher biologischer Trieb.
Ein Ausdruck von Liebe.
Eine wichtige heilende Kraft.
Bewusstes und verantwortliches Handeln.
Etwas Gutes, das von beiden gewünscht wird.

Sex, habe ich mal gehört,
ist eine sehr schöne Erfahrung.
Sie soll dem Körper Freude schenken.
Sie soll unsere Sinne berühren.
Sie soll uns zu den Sternen bringen.
Sie soll uns den Himmel berühren lassen.

Sex, habe ich mal gehört,
schenkt mir und dem anderen Freude.
Beim Sex öffnen wir uns in Liebe und Vertrauen.
Beim Sex ist mein Gegenüber bei mir und bei sich.
Beim Sex verschmelzen die beiden zu einem Körper.
Beim Sex berühren sich zwei Seelen.

Sex, habe ich mal gehört,
ist ein Flug zu den Sternen und zum Licht.

Dann kann das, was mir passiert ist,
kein Sex gewesen sein!
Was mir angetan wurde,
das war Gewalt und ich bin davon verletzt.
Wunden können vernarben, habe ich gehört.
Ich vertraue darauf.

Es ist heute.
Und ich bin frei!

Was können wir den alten Glaubenssätzen und Verhaltensmustern heute Gutes und Gesundes entgegensetzen?

Didi Lindewald

Wir sind auf dieser Welt, um glücklich zu sein!
Dazu gehört auch, dass wir uns unsere Sexualität (zurück) erobern. Seien wir mutig, finden wir unseren eigenen Weg! Finden wir heraus, wie wir in allen Lebensbereichen ein gutes Leben führen können. Bejahen wir das Leben, trotz allem, was war und ist. Wir haben nur dieses eine Leben!

Wenn Ihr Euch darauf einlasst, selber Übungen zur Sexualität zu machen, dann stellt Euch dabei bei jedem Ausatmen vor, wie Ihr Euch in ein helles, reinigendes Licht hüllt. Ein Licht, das Euch gute Energie gibt und das reinigt und heilt. Badet in dem Heilungslicht und spürt das Gute, das Euch begegnet!

Selbstliebe - ein Märchen von Sabine Marya

Es war einmal ein Kind mit Namen Arkadi, dem war von Monstern so viel Schlimmes angetan worden, dass es schließlich einen Panzer aus Stein um sich bildete und auseinander fiel in einzelne Splitter, die sich in die Eiswüste zurückzogen, um dort jedes für sich wie die Tschuktschen in einer Jaranga zu leben. Einer dieser Splitter war ein jugendliches Kind namens Goigir. Stürme umtosten seine bescheidene Jaranga und Finsternis umgab seine Welt. Einsamkeit nagte an seinem Herzen und tiefe Sehnsucht durchwob ihn.
So vergingen die Tage, bis eines Tages die Dunkelheit plötzlich erhellt wurde von einem strahlenden Licht. Auf einem hellen Stern kam eine Fee herangeglitten. „Komm!", sagte sie. „Gib mir deine Hand und lass uns gemeinsam deinen Steinpanzer auflösen!"
Zuerst hatte Goigir große Angst. „Wird es weh tun?"
„Ja.", antwortete die Fee ehrlich. „Doch ich bin bei dir, an deiner Seite. Nie mehr sollen die bösen Monster Macht über dich haben. Die Zeit der Heilung hat jetzt für dich endlich begonnen."
Zögernd reichte Goigir der Fee eine steinerne Hand. Ein tiefer Schmerz durchfuhr ihn, als der Panzer einen ersten Riss bekam.
„Unter der Steinschicht wirst du dich selber finden!", versprach die Fee. Mit viel Liebe bereitete sie einen Raum in der Jaranga vor, an dem diese Begegnung stattfinden sollte. Sie räumte auf und machte sauber, dann stellte sie Kerzen hin und schmückte den Ort. Tränen rollten über Goigirs Wangen und trugen so das Ihre dazu bei, den Stein fort zu spülen. Verwundert betrachtete der Jugendliche die schöne Gestalt, die unter dem Panzer zum Vorschein kam.

ICH BIN!!! Was für ein wunderbares Geschenk!

Die Fee gab ein schönes Öl in eine Aromalampe, um dem Raum einen wunderbaren Duft zu schenken und suchte eine schöne Musik aus. Dann forderte sie Goigir auf: „Gehe dich mit ganz viel Sorgfalt duschen und spüre dabei die Einzigartigkeit deines Körpers. Schon das Abtrocknen und anschließend den Körper mit einer angenehm duftenden Creme zu verwöhnen schenkt deinem Körper ganz viel Aufmerksamkeit."

Goigir folgte ihrer Aufforderung. Dann streifte er die Kleidung über, die sie für ihn zurechtgelegt hatte: Weiche fließende Stoffe, die seinen Körper umschmeichelten und der wunden Haut wohl taten.

Danach legte der Jugendliche seine Hände auf seinen Bauch und atmete tief ein und aus. Dabei hüllte die Fee ihn in ein helles Licht, bis ihn eine gute Kraft durchströmte.

Wieder atmete Goigir tief ein und aus und hüllte sich in Licht ein, doch dieses Mal öffnete er dabei die Hände, mit den Handinnenflächen nach oben.

Er war bereit...

Bereit, sich einzulassen, auf sich und diese Begegnung, auf seine Körperlichkeit und Sinnlichkeit. Er war bereit: zu genießen, zu sein, zu leben, mit aller seiner Lust und Sinnlichkeit.

„Ich bin!", rief Goigir jubelnd aus. „Und ich habe mich lieb!"

„Nun bist du bereit, für eine Reihe von wunderbaren Begegnungen." versprach die Fee. „Lass uns die anderen Jarangas in der Eiswüste suchen und das Licht auch dorthin tragen. Lass uns dem Frühling entgegen gehen, wenn die Tundra zu blühen beginnt."

So machten sie sich gemeinsam auf den Weg und der Stern leuchtete ihnen dabei. Die Zeit der Finsternis war vorbei und die Splitter würden sich zusammenfügen, zu einem schillernden Mosaik, von den Tangitan „Arkadi" genannt.

Sabine Marya

Laden wir das **LICHT** und die **LIEBE** ein,
in **unser Leben**!
Erblühen wir in diesem Licht,
aus uns selbst heraus!
Weil wir ein Wunder sind.

An Stelle eines Nachwortes -
Texte von Elija Sommer und Pauline C. Frei

Der Spaziergang, eine imaginäre Reise
von Elija Sommer

Ich gehe in den Wald, ich komme oft hierher, denn hier ist es schön. Ich laufe los im Winter, der Schnee knirscht unter meinen Füßen und ein sanftes Licht fällt durch die mit dickem Schnee beladenen Äste. Es sind Wintertiere unterwegs, ich bewege mich so leise, dass ich sie alle beobachten kann. Da vorne auf der Lichtung, da sind Rehe, sie sehen sehr schön aus in dem Sonnenlicht. Es glitzert um sie herum. Eichhörnchen springen von Baum zu Baum, es ist idyllisch. Ein Fuchs streift meinen Weg, er ist friedlich, er ist wohl auf dem Weg zu seiner Höhle. Eissterne hängen an den Ästen, es hat eine zauberhafte Wirkung auf mich. Ich fühle mich leicht und frei, wie eine Elfe. Ich gehe weiter, gehe über die Lichtung und die Rehe bleiben, sie scheuen mich nicht. Es ist sehr still, aber gleichzeitig auch nicht, es ist eine angenehme Ruhe. Stundenlang laufe ich durch den Wald und es ist schön, ich fühle mich gut.
Da vorne sehe ich schon, wie es grün wird. Ein zartes Grün in Form eines kleinen Blattes ist am Strauch zu sehen. Und auch erste grüne Grasspitzen sind durch die noch leichte Schneedecke zu sehen. Es ist zu riechen und auch zu spüren, der Frühling kommt. Ich laufe weiter, und je weiter ich komme, desto grüner wird es. Ich komme an einem Baum vorbei, auf dem sich Waschbären tummeln. Auch einen Fuchs sehe ich wieder, ist es derselbe? Und Eichhörnchen, sie freuen sich, dass es wärmer wird. Die Vögel zwitschern, es ist deutlich lauter als im Winter,

doch sehr schön. Ich komme auf eine Lichtung. Sie strahlt im schönen Sonnenschein und die Rehe sind auch wieder da. Sie haben Kitze bekommen, die liegen im Gras und wärmen sich in der Sonne. Es geht mir gut, ich fühle den Frühling, die Wärme, die Sonne. Und ich laufe weiter, langsam, aber stetig. Es ist so angenehm, den Waldboden unter den Füßen zu spüren. Es wird wärmer, ich ziehe meine Schuhe aus und gehe barfuss weiter. Richtig warm ist es jetzt und der Wald blüht in den schönsten Farben. Ich pflücke einen großen Strauß Blumen, die duften wunderbar. Ich habe jetzt ein leichtes Kleid an, es ist wirklich warm. Die Sonne strahlt, Schmetterlinge fliegen über die Wiese. Es summen auch Bienen um die Blumen, es ist alles so friedlich. Ich genieße die warme Sonne auf meiner Haut und fühle mich wohl, in meinem Wald. Da vorne, da ist ja meine Hängematte, zwischen zwei Bäumen. Ich gehe dorthin und lege mich hinein. Hier lasse ich meine Seele baumeln. Ein Specht ist unweit an einem Baum beschäftigt. Es ist ruhig und ich bleibe eine Weile liegen. Ich schlafe ein.
Oh, ich fange an zu frieren, es ist kälter geworden, ja, ich sehe es auch an den Bäumen, die Blätter verfärben sich. Ich rapple mich hoch und lasse meine Hängematte hinter mir. Ich gehe weiter. Mein Pferd kommt mir entgegen, es holt mich hier ab. Ich setze mich ohne Sattel auf mein Pferd und spüre sein warmes Fell an meinen Beinen. Langsam gehen wir weiter, auf Waldwegen, über eine Lichtung und wieder in den Wald. Mein Pferd bringt mich weiter, ich sehe schon den Ausgang. Ein helles Licht erwartet mich. Ich steige von meinem Pferd ab und verabschiede mich von ihm. Jetzt muss ich alleine weiter gehen. Ich gehe dem Licht entgegen.

(Dieser Text ist ein Auszug aus dem bald erscheinenden Buch von Elija Sommer, einer Überlebenden. Copyright Donny Stieven Verlag, Abdruck mit frdl. Genehmigung)

(Bild von Didi Lindewald)

Pauline C. Frei

Wo ist mein Engel?

Der, der mich sicher trägt zum Licht.
Der, der mich schützt vor Kälte.
Der, der mich liebevoll wiegt im Sturm.

Wo ist der Engel, der mich behutsam unterstützt?

Versteckt hinter den Bergen von Zweifeln.
Verbuddelt unter der dunklen Trauer.
Begraben von der wirren Wut.
Verborgen in der Schatulle der Angst.

Wo ist mein Engel?
Ich höre die Klänge der Harfe.
Er sitzt gleich rechts neben der Tür, zur Freiheit.
Er fliegt in den weiten Räumen,
wo auch die Liebe wohnt.
Er beschützt den Kristall,
der den Weg zur Ewigkeit kennt.
Er wartet auf mich,
bis ich ihn wieder erkennen und spüren kann...

Pauline C. Frei

Sicheres Sein

Das Sein ist heute sicher.

Getragen von Sonnenstrahlen
fliege ich zum Licht.

Beschützt vor wilden Stürmen
schlafe ich im Schoß der Weide.

Geduldet vom weiten Meer
tragen mich Wellen zum Strand.

Begleitet im dunklen Urwald
bringt mich der Wanderer sicher heim.

Gerettet von Engelsträumen,
ruht in mir ein Schatz.

Geliebt im Jetzt,
warten auf das Licht.

Das Leben ist Heute sicher.
Gelassen den Weg zum Ziel verfolgen, -
dem Zauber begegnen.

(Diese Texte sind ein Auszug aus dem zweiten Buch – nach „Leiden hängt von der Entscheidung ab“ - von Pauline C. Frei und M. Huber. Copyright Junfermannsche Verlagbuchhandlung, Paderborn 2007. Der Abdruck in diesem Buch erfolgt mit freundlicher Genehmigung des Verlages.)

Was wir Euch wünschen:

- SICHERHEIT!
- Sicherheit, nein zu sagen
- Sicherheit, ja zu sagen
- Sicherheit, ja zu sagen zu Euch und Eurem Leben
- Sicherheit, leben zu wollen

- FREIHEIT!
- Freiheit, nein zu sagen
- Freiheit, ja zu sagen
- Freiheit, ja zu sagen zu Euch und Eurem Leben
- Freiheit, leben zu wollen
- Freiheit, Euch kennen zu lernen und das Gute in Euch
- Freiheit zu be - greifen und Eure Unschuld zu spüren
- Freiheit, Eure Stärken und Grenzen zu sehen und zu spüren
- Freiheit, den bisherigen Weg als Überlebenswerk anzuerkennen und die eigene Tapferkeit und den eigenen Mut anzuerkennen, das Schlimme überlebt zu haben
- Freiheit, Würde zu haben
- Freiheit, Eure tiefen Wunden heilen und vernarben zu lassen
- Freiheit, neue Wege zu gehen und Gutes zu erfahren
- Freiheit zu wachsen und zu reifen
- Freiheit, lebendig zu sein
- Freiheit, frei zu sein

- Freiheit, um zu leben!

- LEBEN!

Alles Gute für Euch!
Sabine Marya & Didi Lindewald

Über die Autorinnen:

Bisherige Gemeinschaftsveröffentlichungen von Sabine Marya & Didi Lindewald:

- „Das Regenbogenlandbuch, ein Kinderbuch für Innenkinder“, Artep – Verlag
- „Lyrische Melancholie“, Lyrik und Bilder, Engelsdorfer Verlag

Das nächste Gemeinschaftsprojekt:

- Verlagssuche: „Auf der Suche nach Weihnachten“, ein kreativer Weihnachtskalender für kleine und große Menschen, die Weihnachten für sich entdecken möchten.
- In Arbeit: „Sternengrüße, eine Trauerreise“

Didi Lindewald wurde 1957 geboren und lebt mit ihrem Mann im Süden von Baden-Württemberg.

Bisherige Veröffentlichungen:

- „Schritte zurück ins Leben“ – eine wahre Geschichte über sexuellen Missbrauch und das Leben danach (Wagner- Verlag)

Veröffentlichungen in Anthologien:

- Im „Bittere Tränen – Projekt“ (Lumen-Verlag),
- „Lebenslänglich! – Überlebende von Vergewaltigung schreien auf“ (Autorenverlag Artep),
- „Denkanstöße“ (Autorengemeinschaft Autorenfeder)
- in „Brückenschlag“ – Zeitschrift für Sozial-Psychiatrie,

in Arbeit: „Das Trauma- Labyrinth“, ein hilfreiches Selbsthilfe- Buch zum Thema PTBS

Homepage: **www.didi-lindewald.de**

Sabine Marya wurde 1962 geboren und lebt mit ihren beiden Söhnen in Nordfriesland.

Bisherige Veröffentlichungen:

- „Wie ein Schrei in der Stille“ (Thriller, Fischer TB)
- „Schmetterlingsfrauen – ein Selbsthilfebuch für Frauen mit multipler Persönlichkeit“ (Frauenoffensive)
- „Wenn sich der Nebel lichtet – Frauen erleben und überwinden Depression“ (Frauenoffensive)
- „Pflege hat viele Gesichter – ein Selbsthilfebuch für privat und beruflich Pflegende“ (autorenverlag artep)
- „Hand in Hand – Selbsthilfebuch für FreundInnen, PartnerInnen und BegleiterInnen von Frauen mit multipler Persönlichkeit“ (Autorenverlag Artep), Einnahmen gehen an den Frauennotruf NF
- „Schmetterlingsflügel – eine Sterbebegleitung“, Erzählung (Engelsdorfer-Verlag)
- „Lebenslänglich! – Überlebende von Vergewaltigung schreien auf“, Anthologie, Herausgeberin (autorenverlag artep), Einnahmen gehen ins Bittere – Tränen-Projekt
- „Tote schweigen“, Krimi (Lumenverlag)
- „Rote Tränen“, ein Heilungsbuch für Menschen mit selbstverletzendem Verhalten (Engelsdorfer Verlag)
- „Eis-Zeit“, Jugend Fantasy- Roman (Lumenverlag)
- Veröffentlichungen in Anthologien
- demnächst: „Der erste Flügelschlag – Abschied von einer Freundin“, eine Sterbebegleitung, Erzählung

Homepage: **www. marya.de**

Das Regenbogen-Land- Buch
Ein Kinderbuch für Innenkinder

Autorenverlag artep, ISBN 3-936544-67-0, 9.95 Euro

Sabine Marya und Didi Lindewald

Das Regenbogenland - Buch ist ein Buch zum Liebhaben, das einem Innenkind vor allem gute Gefühle machen kann, ein Buch, das es sich wie einen guten Freund nehmen kann, wenn es Unterstützung braucht. Ein „gute Gefühle mach" - Buch. So etwas wie ein Helferchen in der Not oder in der Einsamkeit und Isolation.

Mit Bildern und Texten und kleinen Geschichten. In denen es darum geht, gut für sich zu sorgen, wie die Größeren die Kleinen beschützen können, dass die Kleinen richtig sind. Geschichten um den Alltag der Kinder heute, um ihre Plüschis, um Positives. Und Bilder, die man selber ausmalen kann wie bei einem Bilderbuch. Und mit Platz, um selber etwas malen und schreiben zu können. Es soll sein wie ein Lichtlein.

Themen: Wir Innenkinder, Schutz, Unterstützung, Bedürfnisse, Plüschis, eigene Grenzen, Grenzen setzen, Lebensfreude, neue Wege gehen, Jugendlichen-Ecke, Nachwort für die Großen.

Endlich ein Buch für Innenkinder. Mit Texten und Bildern der beiden Autorinnen und mit Platz für die Innenkinder, um selber etwas in das Buch zu malen und zu schreiben.

Die ersten Reaktionen auf das Buch:
„Dieses Buch soll sein wie ein Lichtlein - und genau das ist den beiden Autorinnen auch gelungen: dieses Buch ist wie ein Licht in der Dunkelheit. Dieses Buch schließt eine große Lücke: endlich gibt es auch ein Buch für Innenkinder, das ein Begleiter und ein Lichtlein ist während des Heilungsprozesses und das trotz der Schwere der Thematik in einem GUTE Gefühle macht. Dieses Buch ist ein GESCHENK!"
„Euer Regenbogenland Buch ist wirklich wunderschön. Es ist eine ganz tolle Unterstützung, und ich sehe es als eine große Hilfe. Danke!!!!!!"
„Euer Regebogenbuch ist so schön, dass ich jetzt über meine Buchhandlung mehrfach bestellt habe und zu Geburtstagen verschenke. Auch wenn nicht jeder Innenkinder hat, so hat jeder ein inneres Kind, das sich über das Buch freut!!! Danke für dieses schöne Werk!"
Und vom Lumen- Verlag: *„Das Regenbogenlandbuch ist nahezu 200-mal bis jetzt verkauft worden, das ist ein enormer Erfolg, für die 6 Wochen, seit es auf dem Buchmarkt ist. Viele Therapeuten empfehlen es ihren KlientInnen weiter. Helft bitte mit, dass das Buch seinen Weg findet!"*

So lange der Vorrat reicht, wird das Buch bei Direktbestellung beim Verlag zusammen mit Buntstiften versendet: Lumenverlag, Postf. 230153, D - 79051 Freiburg i. Br. www.lumen-verlag.de